橋

その他の短編

真喜志 興亜

文藝春秋企画出版部

橋　その他の短編　もくじ

装丁　山内宏一郎

橋

その他の短編

橋

鈴木隆は、小さい時から橋が好きだった。家族旅行で、奇麗な橋を目にすると、気持ちが高ぶるのだった。家にある雑誌や絵葉書きで恰好良い橋があるとじっと見つめ、いつまでも見蕩《みと》れていた。

小学校の高学年になり、使い終わった帳面に、気に入った橋の写真を貼り付けた。一度だけ、親がまだ読み終えてない雑誌に、とても気に入った写真があったので、それを鋏《はさみ》で切って、帳面に貼り付けた。

犯人は息子の隆だと目星を付けた父親が問い質《ただ》すと、隆は橋の写真を切り抜き、使い古しの帳面に貼ったと答えた。父親は帳面を持ってこさせ、それを見た。帳面にぎっしり橋の写真や絵葉書きが貼ってあった。

父親は出張であちこち行くことがあった。橋の写った良い絵葉書きや写真があると、隆へのお土産に買って帰った。

大きくなるにつれて、隆の橋好きは熱が冷めていった。それでも、美しい橋を目にすると、熱の籠《こも》った目で見つめるのだった。

愛着

隆と妻の倫子《みちこ》は、日本で結婚し、渡米した。ワシントンの大学院で勉強するためである。成田からワシントンへは直行便があるが、サンフランシスコ経由にした。その理由は、金門橋（ゴールデン・ゲート・ブリッジ）を見るのが目的だった。

隆は写真では何遍も見たが、本物の大吊橋を見て、度胆を抜かれた。日本の大きな橋とは桁《けた》が違う。長さ、高さ、太平洋航路の巨船も楽々と通過できる。

独特の曲線を持つ優美な形は、周囲の風景に見事に調和している。隆は日本の大きな橋にも感動したが、金門橋の威風堂々とした立ち姿を目にし、遥々《はるばる》海を渡ってアメリカに来てよかったと思った。

倫子は、ワシントンの大きなスーパーで経理の仕事をし、夫の勉学を助けた。隆は学位を取り、ワシントンの銀行に就職した。主任教授の肝煎りで、母校の大学院で非常勤講師として夜間教えることにもなった。

ワシントンとバージニア州アーリントンを結ぶ橋はいくつもあるが、通勤でいつも通るのはメモリアル橋である。それで、橋好きの隆は、メモリアル橋に愛着を持つようになった。

朝夕のラッシュの時、メモリアル橋は車でいっぱいになる。橋の長さは六百五十メートルで、六つの車線があり、片側三車線ずつに二分されている。車には当然、人が乗っており、車と人の総重量はすごい重さになる。

朝のラッシュ時、大方の人は仕事場に間に合うかと苦慮し、イライラするが、隆はこんなに車がいっぱいで、橋は大丈夫かと、重さに耐えている橋の辛さ、苦しさを気に病んだ。通常のラッシュ以上に心を痛めるのは、冬季の雪が降る日である。通常の重さに加えて車の上にも、雪が降りしきる。何百台もの車の屋根に、雪が積もるのである。橋や橋脚には普段よりずっと重い重量がのしかかる。隆にはそれがたまらなかった。

確かに、橋を建設した会社は、構造の専門技師に橋と橋脚がどのくらいの重さに耐えられるか、重量計算をしているだろう。しかし、この積雪の重さまで入っているのか、降る雪を眺めながら、隆は心配し通しだった。

ところが、ラッシュ時の橋に対する隆の苦慮は突然なくなった。アメリカ全体が不況に陥り、隆は長年勤めていた銀行をリストラされたのである。非常勤で大学院に教えに行くのにメモリアル橋は通るが、それは夜の授業なので、朝夕のラッシュアワーから解放されたのである。

リストラに遭ってから、隆は再就職を目指して頑張った。あちこちの銀行に履歴書を送り、先方からの面接したいという連絡を待った。だがアメリカ全体に不況の波が押し寄せているので、ほとんどが梨の礫《つぶて》だった。

たまに面接の要請があり、喜び勇んで出かけても、結果は不採用であった。就職希望者があまりにも多く、その中には優秀な人がいっぱいいて、彼らに打ち勝つ能力を隆は持っていなかった。

隆が失職したため、家庭の収入は減っている。それでも倫子の仕事はしっかり続いているし、隆も大学で教えているので、わずかでも非常勤の収入だけはある。切り詰めた生活をすれば、家計はどうにかやっていける。

どちらかと言えば小心な隆は、なんとか元の健全な家計へ近づけようと焦るが、うまく行かない。しかしようやく、再就職が難しければ、別の方法での収入の道を考えることにした。てっとり早い方法として隆が考えたのは、家庭教師だった。

ワシントンには、日本から企業の駐在員や政府関係者の人達が大勢赴任している。ほとんどが妻子同伴である。彼らの子女や子息は、週日には現地の学校に通う。そこでは、英語での授業が行なわれる。

日本から来た子供達は、すぐにはネイティブが話す英語の授業には付いていけず、とても苦労をしている。そんな子供達がたくさんいるのを隆は耳にしていた。子供らには、できるだけ早く英語を修得させたいというのが、親の希望であり、そのために優秀な家庭教師を捜していた。

隆は知人に、英語の家庭教師を捜している人がいたら紹介してくれと頼んだ。知人がすぐさま捜してくれたお陰で、隆はすぐに面接のためにある家を訪問する機会を得た。

面接に行くと、両親は隆を手厚く迎え入れてくれた。隆がワシントンの大学院で教鞭を取っていることは、すでに知人から聞いているので、そういう先生に教えていただければとっても有り難いと、両親は正直な気持ちを述べた。父親の仕事は新聞記者で、子供は高校一年生の女の子だった。

隆は火曜日と木曜日は大学で教えるので、水曜日に教えることになった。双方の話し合いが無事成立したので、両親は娘を招じ入れた。背もスラッとして顔立ちも良く、品の良い女学生だった。隆を見ると、やさしそうな先生だと安心したのか、はにかみながら、小さな声で「松島多美です」と自己紹介した。

「鈴木隆と言います。いきなり早口の英語で授業を受けるのは大変でしょう。でも、分からなくてもいいから、じっくり聞くようにしてください。少しずつ耳が慣れて、理解できるようになります。

　今年は大統領の選挙です。お父さんから、アメリカの大統領の選ばれ方を教えてもらってください。アメリカの社会の授業とか、友達の会話でもその話題は多く出てくるでしょう。ついでに、日本の首相の選ばれ方も聞いてください。友達にそのことを聞かれたら、知っている単語を使って、適当にしゃべってください。正確に言わないといけない、と思わず、頭にある単語を並べるだけでいいです。こちらの子供達は聞く耳を持っています。

　できたら、毎日、午後六時半から七時のローカルニュース、七時から七時半の全国ニュースを聞くようにしてください。

　それと、こちらで発行している日本語の新聞でアメリカの最新ニュースに目を通してください。正確な知識を日本語で入れて、ニュースを聞いて比べるのです。そうすると、自分の理解したことがどの程度正確かどうか分かり、英語の力が向上します。アメリカのニュースは分かりやすいから大丈夫ですよ」

　隆の顔を見ながら、多美はじっと耳を傾けていた。隆の話が終わってから、「頑張ります」と言って、唇をきりっと結び、頭を下げた。隆は一家に温かく見送られ、家路に向かった。

帰宅して、その話を倫子にした。倫子は隆の話にじっと耳を傾けた後、自分の考えを述べた。決めてきたことは仕方がないが、そういうことは、自分に相談してからしてほしいと言った。

倫子の考えはこうである。仕事を失ったことで、家計の収入は減ったが、大した痛手ではない。自分の給料と、隆の大学院での手当てで充分に生活していける。隆は今、非常勤の講師であるのだから、常勤を目指し、もっと専門の勉強をしたらどうか。確かに銀行の仕事を失ったが、その分自由時間ができたのだから、学力向上、地位向上のために、図書館を利用するなりして知識の向上が図れる。

だから家庭教師なんかしないほうがいい。決めてしまったことは仕方がないが、これ以上の家庭教師の口を捜す必要はない。倫子はそう言った後さらに、なぜ今、隆が勉強に打ち込んだほうがいいのか、その理由をこう述べた。

「大学では、教師が学生に教え、彼らの出来映えを見て評価する。ところが、最近のアメリカでは、学生が教師を評価するようになっている。いろんな項目で、学生が教師の教え方に、A、B、C、Dを付ける」

生徒から見た隆の評価は、おそらくBかCであろう。これだと及第点すれすれで、それ以下になると、退職を余儀なくされる。

そこで倫子は、隆がより良い評価をもらうには、銀行を退職したのを機に、教師としての指導力を向上させなければならない。そのためにも図書館に通い、学識を深めたほうがよいのだとアドバイスした。

そして、学生からの評価が高くなれば、非常勤から常勤、ひいては助教授、教授という道筋が見えてくると言うのであった。

倫子の助言は、的を射たものである。銀行への再就職が難しいので、家庭教師の仕事に手を出した隆にとって、鋭い批判となった。食うのに困っているのなら致し方ないが、そこまで追い詰められているわけでもない。ピンチをチャンスに代え、大きな夢に向かって進め、という助言はとてもありがたく感じられた。

「家庭教師は水曜日に決めたんだけど、約束してしまったのだから、行ってくるよ。それでもいいね？」

隆は恐る恐る尋ねた。

「向こうのお嬢さんは、英語の授業が苦しくて、ご両親もどうにかしてあげたいと思ってるんでしょ。あなたが来てくれるのをとても楽しみにしているみたいだから、しっかり教えて、力をつけてあげたらいいわ。どうやら感じのいいお嬢さんみたいだし」

高校生の女の子といえばもう、大人の一歩手前だ。倫子が悋気《りんき》の強い女なら、猛反対したはずだ。女性だから、多少焼き餅を焼くのは仕方ない。でも、倫子は夫を信用し、向こうの家庭が喜んで夫を迎え入れようとしているのだから、それに応えるべきだと言うのだ。

そういう倫子に対し、隆は頭が下がる思いであった。自分が苦境に立たされた時に、倫子はこうやって、自分の進むべき道をしっかり示し、励ましてくれる。しかも、二人でアメリカに来て以来、夫が大学院で勉強するのを経済的に支えてくれた。それだけではない、今度は職を失い、わずかな手当すら失うというのに、家庭教師なんかやらずに、これを良い機会と捉え、もっと学識を養えと示唆する。じつに素晴らしい女房ではないか。そういう女性を妻に持った自分は、なんと幸福なのだろうと、今更ながら実感した。

水曜日になると、隆は松島多美に英語を教えに行った。多美は隆の助言に沿って努力を重ねた。元々彼女は利発な女の子だったので、めきめき力を付けていった。

教師と教え子との呼吸がぴったり合って、多美の英語の総合力は、短期間のうちに驚くほど伸びていった。毎週二時間の勉強であるが、隆も多美も、実力向上に向かって真剣に時間を費やした。

多美は勉強が終わると、深い深呼吸をしたが、その後で、

「ありがとうございました」

と必ず言う。その言葉には実感が籠っていた。

隆が銀行をリストラされてから三か月ほど経ち、銀行を退職した者、居残った者の合同情報交換会が、ワシントンのホテルで行なわれた。夕食後、ラウンジでの飲酒となり、会話も弾んだ。やがて御開きになったが、車の運転をする者は、もう少しホテルにいて酔いを覚まそうと、数名がロビーに座って雑談した。隆もその一人だった。

隆の座っている所からは、ホテルの入り口が見える。夜の十時を過ぎているので、出入りする人は疎《まば》らである。隆は時々、何の気なしに入り口に目を遣った。

突然、隆の目が釘付けになった。はっとするような若くて魅力的な女性がホテルに入ってきた。三十歳前後の、品の良い女性だった。痩せ形で、背が高く、鼻筋が通っている白人の美女だった。エレベーターの所へ行き、それに乗った。宿泊客の一人だと隆は思った。

酔いはなかなか覚めず、居残った者の話はその後も長く続いた。話が弾んだのと、酔いを覚まそうという両方の気持ちで、隆は仲間との会話に身を入れた。

隆が「オヤッ」と思ったのは、先刻の美人が、エレベーターを降り、こちらへ歩いて来たと思うと、ホテルから出ていったからだ。

隆は「まさか」と思った。ひょっとしたらエスコート・ガールかと思った。隆が「まさか」と思うほど、その女性は品の良い美人だった。隆の頭には、体を売る女性には、どことなく品の悪い所があるという固定観念があった。だが、そういう所がまったく見えない。

その後、隆は仲間との会話に身が入らなくなった。その女性のことで、頭がいっぱいになった。しばらくして、そこを立ち去った。

それ以来、その女性のことが、隆の頭にこびりついた。エスコート・ガールかそうでないか。これまでの隆なら、少々気になっても、時間とともに忘れていく。第一、仕事が忙しくてそんな暇などなかった。

奔放

隆の出身地は名古屋で、大学を卒業した後、地元の銀行に就職した。そこに勤めていた女性と結婚したが、それが妻の倫子である。隆はアメリカの大学院で勉強したいという夢があり、二人は渡米した。

倫子はワシントンの大手スーパーの経理の仕事をし、夫のワシントンにある大学での勉強を助けた。修士、博士課程を終え、銀行に就職した。隆は主任教授に可愛がられていたので、銀行勤務のかたわら大学院で東アジアの政治と日本の歴史の二教科を教えることになった。

二つの教科を受講する生徒は、それぞれ二十名ほどで、そのうちの半数が女性である。その中には、奇麗な白人女性が数人いる時もある。そういう時、教えていて華やいだ気分になるが、邪《よこしま》な気持ちを抱いたことはなかった。たとえ一瞬、脳裏を掠めても、教師としての自覚はしっかりしているので、すぐにあるべき姿を取り戻した。

隆は非常勤の講師であるが、大学から一つの部屋をあてがわれていた。週に一度、その部屋で二時間ほど学生の教科指導を行なった。学生は予約を取り、教師から学期末レポートのことなど、いろいろアドバイスをもらう。

個室の中で、奇麗な白人女子学生と二人きりになると、いやがおうでも気分は高まるが、隆はそういう自分を戒める。襟を正し、しっかりしたアドバイスをあげることが教師としての本分と、自分に言い聞かせる。

隆は、自分が今あるのは、アメリカに来て苦楽を共にした妻がいたからだと自覚している。特に、自分の勉学は妻倫子の経済的な支援があったからこそ可能となった。だから、異性、特に美人に対しては、浮わついた態度は決して取らないと自らを戒めた。

美人に対する隆の自制心は、ホテルで見た女性に思いを巡らせてから、次第に歯止めを失っていった。銀行に勤め、大学院で講義するという、多忙であるが充実した生活を送っている時は、異性に対し自制心をしっかり保つことができた。しかし、失業で自分の日常生活に暗い蔭ができ、歯車の回転に異常ができてから、リズムが狂っていった。

自制心が怪しくなってきたもう一つの理由は、隆の過去に乱行があったからだ。たばこでさえ、一旦止めて長い間吸わなくても、あるきっかけがあると、いとも簡単に禁煙を破ってしまう。

隆の実家は名古屋にあり、父親は会社に勤めていた。母は教師で、中学で国語を教えていた。隆は一人息子だったために、両親の愛情をしっかり受けて育った。良好な家庭環境の中で、隆はスポーツもやりながら、勉強も頑張った。成績も良かった。図書館にもよく行き、本もたくさん読んだ。中でも、小説を好み、いろいろな作品を読破した。

高校生の時、さまざまな小説を読み漁っていくうちに、隆は無頼派の小説に出会い、無頼派の作家の生き方に心酔した。けれど、心酔はしても、そのことを人に語ることはなかった。学業は怠《おこた》らず、成績も良かったので、両親は喜び、学友も親しく付き合ってくれた。

大学は東京へ行った。初めは勉強に打ち込んでいったが、次第に学生生活に変化が生じてきた。親元を離れているので、日々の監視の目がなく、行動が自由になった。すると、益々思いっきり自由な生活をしたくなった。

模範的な学生生活よりも、無頼派の作家のように、羽目を外した生活を送ろうと考えた。だが、勝手気儘《きまま》な生活をするには、お金が必要である。両親からは、学業に必要な仕送りしかもらっていない。

そこで隆は、複数のアルバイトをかけ持ちした。手っ取り早く稼げるのは、家庭教師である。隆は名の通った大学に通っていたので、すぐに仕事にありつけた。

酒の好きな学友と盛り場を飲み歩いた。バーやキャバレーで気に入った女性が見つかると、そこへ何遍も足を運び、口説いては、体の関係を持った。

一人の女性に入れ込まず、次から次と渡り歩いた。浅く広くである。一人の女性をしっかり知るには、時間をかけて長所、短所を知らなければならないが、隆にはそんな悠長なことはできなかった。

隆は大学時代、女遊びはしたが、相手は玄人の女性ばかりだった。素人の女性には手を出さなかった。女子大生からデートを申し込まれると、気に入った女性には応じる。しかし数回付き合うだけで、深入りしそうになると、それ以上の交際を断った。深入りをした場合、自分はその女性に合わせて、真っ当な生き方をするからである。あるいは、深入りし、中途で交際を断つと、その女性が傷付くからである。

隆のだらけた大学生活は、そういう不真面目な生き方だけが目的ではなく、それを土台にして小説を作り上げるのが、目的であった。

大学には文芸クラブがあり、部員もかなりいた。同人誌も年に数回発行していた。しかし、隆はそのクラブには入会しなかった。小説を書いて、同人誌に掲載された場合、部員から酷評される虞《おそ》れがあるからだ。

隆には、文才というものがなかった。そのことは自覚していた。

そこで隆は、自分のだらけた生活に目を向けて、それをネタに小説を書き、雑誌のコンクールに応募した。しかし、次から次へと落選が続いた。

その結果に隆は落胆したが、冷静に対処した。自分には小説を書く才能はない。では、どうするかである。大学を卒業し、就職しようと決心したのだ。

酒色に溺れた毎日にピリオドを打ち、立ち直ろうと決心した。このままでは卒業もできないと思い、必死に勉強した。欠席が多かったので、友達からノートを借りて試験に備えた。

その甲斐があって、隆は大学を卒業することができた。就職も大手の銀行に採用された。名古屋が地元なので、そこを希望すると、それも了承された。その銀行で、倫子と巡り合い、結婚して二人で渡米したのである。

思慕

ホテルで偶然見かけた美女を思い、思慕の念が次第にエスカレートしていった。どうしたらいいのだろうか、隆は迷った。そして、悪戦苦闘した大学時代を思い出した。あの時は一人だから、自分が作った苦労は一人で背負えばいいが、今は妻がいる。自分が作った苦労を、妻に背負わせてはいけない。

そういう考えは、頭では納得できるが、気持ちはそう簡単には収まってくれない。いろいろ思案した結果、あの女性がコールガールかどうか確かめてみようと思った。

職業別の電話帳を捲《めく》り、エスコート・サービスという欄を見つけた。大きな見出しで広告を出している所が数か所あり、電話をかけていった。

何日の何時から何時にかけて、あのホテルに出向いた女性の中に、品の良い、三十代で痩せてスタイルの良い白人が、あなたのエージェントにいるか、と尋ねていった。

いくつか電話をかけていくと、あるエージェントにそれらしき女性がいるのが分かった。どういうふうにすれば、その女性に会えるかと聞くと、あなたがホテルにいるのなら、そこへ出向くと言う。

今は友人の家に滞在していると、隆が言うと、それでは彼女のマンションに行くかと訊いてきた。そちらのほうが都合がいいと答えると、半時間後に、また電話してくれと言う。そこで、半時間後に電話すると、午後の四時に会いに行くように言われ、住所を教えてもらった。

今から二時間後である。隆は自宅からエージェントに電話をかけていた。隆の家からそのマンションまで、半時間で行ける。出かけるまで、相当に間があると思っていると、

「タイヤの件だけど、どうだったの？」

妻から電話がかかってきた。

隆の家には、二台の車がある。妻は小型のほうで通勤している。隆の車は大型のジープで、タイヤは大きく、座席は地面から高い。乗り込むのにやっかいだが、雪が降った時には便利である。

隆が使用しているジープは、すでに六万マイル近くを走っており、タイヤを新しいのに取り替えなければならなかった。新聞でセールを見つけた倫子の勧めで、隆はその店へ行った。

「セールだから、人がいっぱいでね」

隆は倫子に嘘をついた。実際は、タイヤはすぐ取り替えてもらった。それに乗って今、

家に帰ってきている。なんとか時間を稼ぎ、例の女性がいるマンションを訪ねようとしていた。

台所で受話器を耳に当てながら、隆は妻と話していた。外を見たら、黒い雲が幾重にも渦を巻き、裏庭の松が風に大きく揺れている。二月の末だから、いつもなら雪に見舞われるところだが、暖冬なのでその心配はない。しかし、エスコートの女性の所に出かける頃はきっと、相当に雨が強くなるなと思った。

「バターン、バターン……」という大きな音が玄関のほうから聞こえてきた。その音が電話の向こうにも伝わったらしく、

「何の音、もしもし……」

という妻の声に返事もしないで行ってみると、観音開きのフレンチドアが突風で開き、バタバタと揺れていた。

慌てて閉めようとしたが、風の勢いがあまりにも強く、間断なく吹き込んでくるので、うまく閉めることができない。話し中のままの電話は、切らないで放ってある。気にはなったが、それどころではない。

ビュー、ビューと唸り声をあげる風は、必死で扉を閉めようとしている隆に激しく抵抗する。そうはさせまいと、総力を結集して押してくるみたいだった。玄関を入ると右が居

間で、そこは十五畳敷きの畳部屋になっている。入り口は障子戸にしてある。このままだと、突風が障子を突き破るかもしれない。

冷や汗をかきながら頑張っているうちに、風が少し弱まり、どうにかドアを閉めることができた。しかし、吹き込んできた雨で、入り口の床と絨毯《じゅうたん》はかなり濡れてしまった。絨毯は拭いて、掃除機をかければいいが、ワックスでピカピカに磨いてある床は、水の形が付くと元に戻りにくい。すぐ拭きとらないといけない。いつも口うるさく言う妻の言葉を思い出しながら、受話器の所に行ってみると、妻からの電話は切れていた。

家は高台にあるので、風は強く受けるが、こんなことは初めてであった。観音開きの一方の戸はいつも閉めてあり、上のほうと下のほうの中央に、外枠があって穴が開いている。そこには留め棒を差し込んでいるが、左右の戸は、中央で鍵をかけて閉める。

強風はそこの場所もこじ開けた。戸のほうはどうにか閉まるものの、全体的に形が歪んでしまった。いつも使う戸の、下のほうのネジが外れかかっている。締め直そうとしたが、バカになっていてねじ回しが利かない。

突然の強風は何が原因だったのか。自分はこれからエスコート・ガールに会いに行く。その女性が絶世の美人であるがゆえに、途方もない絶大な力が働き、二人を会わせないようにしているのかもしれない。隆の脳裏にそんなことが浮かんだ。

だとすると、その啓示を有り難く思い、会いに行くのを止め、彼女のことをきっぱり諦めるべきだろうか。仕事に充実していた頃の隆なら、そういう理性的な判断ができ、実行することが可能であった。しかし、正規の仕事を失い、心中に空洞ができかけている隆には、それができなかった。

自然現象による家屋の被害を受けたのにもかかわらず、あの日ホテルで見た女性はエスコート・ガールで、その女性にもうすぐ会えるという期待感が隆の判断を狂わせた。家を出ていくまで、あと一時間あるからまだ大丈夫。まずは、突風が引き起こした被害の後片付けをしよう。隆の頭はそういうふうに動いていた。

隆はまず、水で濡れた入り口の床を乾いた雑巾できれいに拭いた。しっかり乾かすために掃除機をかけた。次に、濡れている絨毯からも水分をきれいに拭きとり、こちらにも掃除機をかけた。これを見たらきっと、掃除に厳しい妻は、しっかりやってないじゃない、と苦言を呈するだろうが、タイヤの店からできあがったから取りに来いとの電話が入り、急いで取りに行ったのだと、もっともらしい言いわけを考えた。

鼓動

隆の家はワシントンの郊外にあるが、女性のマンションは市街地にある。遠回りになるが、環状線や大通りを通れば、時間的には早く着くので、それにした。運転をしながら、この前見かけた女性だといいのに、と期待感を膨らませた。もし、そうでなかったらお金だけ払って、その場を立ち去ろうと思った。そうすれば、妻に対する背徳行為をしないですむ。

女性のマンションは、デュポンサークルの近くにあった。そこはマス・アベニューといい、市街地を南北に走る大通りの一つである。デュポンサークルは小さな公園であるが、マス・アベニューを分断する。それで、この通りを走る車は、半円形に迂回して前進する。

隆は、デュポンサークルの迂回路を通り、そこから枝分かれしている小さな道路に入った。いい具合にコインパーキングを見つけたので、駐車した。隆は二時間分のコインを入れた。

小公園の中にある小道を通り、女性が住むマンションを見つけた。中に入ると、エレベーターが左手に見える。そこに向かって歩いていたら、エレベーターから降りて、入り口に向かう青年とすれ違った。

中肉中背で、ポロシャツを着、スニーカーを履いていた。ハンサムで、品の良い顔立ちをしていた。なかなか恰好良い青年である。隆を見て、笑顔を見せたように思えたので、隆も会釈を送った。

訪ねる部屋は二階にあり、ノックをすると、女が現れた。隆が数日前、ホテルで見かけた女性であった。ひと目見て、胸の鼓動が高鳴った。しばらくは呆気に取られ、じっと彼女を見つめた。声が出なかった。こんなに上手くいくなんて。信じられない気がした。

入り口に立ち止まったまま、自分を見つめ続けている男性に初々しさを感じたのか、その女性は、

「私はアナベル。ようこそいらっしゃいました。あなたのお名前は？」

と口を開いた。あの時は、ドレスにヒールというよそ行きの恰好であったが、今は寛《くつろ》いだ姿になっている。

「あなたが美しいから、見蕩れていたのです。私はタカシです」

実直そうな顔をしているし、部屋に入ってもまだ自分を見続け、茫然としている。アナベルは客の誉め言葉をそのとおりに受け取った。

「ありがとう。本当にそう思ってるのが分かって嬉しいわ。では、一応お客様の身分証明書を見せてもらえる。これは決まりなので、お願いできますか？」

隆は運転免許証を見せた。アナベルはそれを見て、

「バージニアにお住まいなのね」

と言った。

隆は今、ワシントンの郊外、メリーランド州に住んでいる。隆がアナベルに見せたのはひと昔前のものである。隆は以前バージニア州に住んでいた。今は免許証の更新の時、古いものは没収されるが、以前までは古いものは返してくれた。

アナベルは、運転免許証の名前と、どの州の発行かだけを見て、有効期限のほうは見なかった。アナベルのチェックが甘かったのは、彼女が隆に好感を持ったからである。

部屋に入って隆が驚いたのは、本箱が二つあり、それにぎっしり本が詰まっていたからだ。

「これ、あなたの本なの？」

「半分くらいはね。半分は母の蔵書なの。母はニューオーリンズのカレッジで文学を教えているの」

「あなたは、ニューオーリンズから来たの？」

「そう、二年前にね」

壁には、若い女性の顔を描いたデッサンがかけてある。アナベルの顔に似ているみたいだ。

「これ、あなたですね。誰が描いたの？」

「母よ、絵が上手なの」

こういう絵を描くし、大学で教えている人だから、しっかりした教養のある人だと思われる。そういう家庭の娘なら、どうしてこういう仕事をするのか、隆は不思議に思った。その疑問を胸の中に収めようかと思ったが、この女性のことを知りたいと思う気持ちが強くあって、

「お母さん、あなたがこの仕事をしていること、知っているの？」

と、突っ込んだ質問をした。

「あなたには関係ないことよ」と拒否されるのを覚悟していると、アナベルは、その質問に冷静に答えた。

「知ってるわ。すごく悲しんだけど、現実を受け止め、親子の付き合いは続いているわ。たまにはここにも来るの」

と、答えた。

こういう会話が初対面の二人の間に交わされた後、隆は寝室に案内された。アナベルは何の恥じらいもなく、着ているものを脱ぎ、それに合わせて、隆も裸になった。

学生時代は東京で荒れた生活を送り、幾多の女性と体の関係を持った。しかし、結婚をしてからは健全な生活を送り、妻以外の女性と体の関係を持ったことがない。しかも、白人女性の裸体を見るのは初めてである。アナベルの肢体があまりにも美しかったので、隆は見蕩れて呆然となった。

アナベルは、自分を見つめる隆の初々しい眼差しに親しみを感じ、

「さあ、楽しみましょう」

と隆を誘い入れた。隆はアナベルの肢体の美しさに悩殺されていることを率直に、

「美しい、じつに美しい」

と口にし、アナベルの体を心を込めて、やさしく愛撫していった。アナベルは呻き声を出すことはなかったが、荒い息遣いでそれに応えた。

東京で商売女を抱いた時、セックスはしても接吻を拒む女性がいた。それで、アナベルに唇は求めなかった。そうしたら、アナベルは自分から隆に唇を近づけ、舌を絡めてきた。アナベルのちょっとしたやさしい仕草で、隆の心は燃え上がった。それまでの二人の動きは緩やかな川の流れのようであったが、突如水嵩が増した激流に変わり、隆は勢いよく突き進んでいった。

すべてが終わり、二人は仰向けに横たわった。しばらく沈黙が流れ、アナベルはライターでたばこに火を付けた。煙を見つめながらアナベルは、

「今度、いつワシントンに来るの?」

と尋ねた。隆はバージニア州の州都リッチモンドから、仕事でワシントンに来ていると言ってある。

「ひと月くらい後かな」

と、ポツンと言った。

「そう、当分会えないのね」

と言い、たばこを吸いながら、遠くを見つめるような仕草をした。

しばらくして、アナベルが、

「もう一度抱いて」

と言った。寝耳に水であった。恋人が別れを惜しみ、もう一度二人の絆を確かめたいと願う、訴えのように感じた。

「もう一度、OK?」

「もちろんよ」

隆は小躍りして喜んだ。さっきのは、金を媒介とした体の関係であるが、今度は純粋に結び付くのである。そう思うと、隆は前よりも荒々しくアナベルに挑み、アナベルも喜んでそれに応えた。

「また来てね。お電話、待ってるわ」

と言うアナベルに、

「もちろん、そうするさ」

と隆は気持ちよく答えた。

アナベルのマンションを出て、停めてある車に向かう時、隆はまるで魂を抜かれたかのように、足元がふらついた。どこか違う世界から舞い下りてきて、見知らぬ大地を彷徨《さまよ》っているみたいだ。道行く人はみな、別世界の住人に見えた。

車は路上に停めてある。メーターには最大の二時間分入れてあるので、時間は充分ある。そこへ行くには、来る時に通ったデュポンサークルの小公園を突っ切って行く。

小公園の真ん中には花壇があり、季節に咲く花が植えてある。歩道沿いにはベンチがいくつも置いてあり、そこに座って花々を眺める人もいる。

歩道の脇のほうでは、地面にチェス盤を置き、勝負を楽しんでいる人達が何人かいる。こっち向きに座ってチェスをやっている男がいたので、顔を見ると、先ほどアナベルが住んでいる建物で見かけた青年だった。隆がエレベーターに向かって歩いていた時、そこから出て来た青年である。

土、日の休みの日ではないのに、公園でチェスをやっている。不思議に思ったが、知らない男なので気にしないことにした。

ハンドルを握って家に向かう時、隆の頭にはアナベルの姿態や悩ましくほほえむ笑顔がこびりついて離れない。運転をしながら、普段の注意力に欠けているのが分かる。原因がはっきりしているので、それを払い除けようとするが、どうしてもできなかった。

どこかの砂山に、ものすごい宝が埋めてあるかもしれない、と言われたとする。もちろん、宝があるかないかの確率は半々である。でも、試しに掘ってみたら、すごい宝に出会った。隆は今、まさにそんな気分だった。見つけた宝物に度胆を抜かれ、有頂天でいるが、これからどう対処していいか判断がつかない。

隆の気持ちに少し落ち着きが出てきたのは、視界に我が家が見えた時であった。家を出る前、突然、強風が吹いてきて入り口の戸が壊れかかった。吹き込んだ雨水で、床や絨毯が濡れた。応急措置は取ったが、充分ではない。そういうことが、隆の脳裏に蘇った。

ガレージの戸をリモコンで開けた。妻はまだ帰宅していない。中に入り、まず、玄関へ行った。自分がやった応急処置には、妻が点検した後、締め括りは彼女がやると思って、台所へ行った。

夕食の準備を始めた。どちらか先に帰宅した者が、夕食の準備を始めることにしている。今日の夕食は何にしようか、朝食の時に二人で話し合っていたので、冷蔵庫の中から野菜や肉を取り出し、洗ったり刻んだり、手慣れた手つきで準備を始めた。

倫子が帰宅するといきなり、

「電話している時、バターンとすごい音がしたけど、何だったの？」

と言うので、突如、ものすごい突風が吹いてきたのだと話した。二人で玄関のほうへ行き、ドアの壊れ方がひどいのを見て、倫子はびっくりしていた。

「これじゃあ、山口さんに頼まないといけないわね」

と言った。山口さんというのは、日本人の大工さんで、家の修理が必要な時には、いつも頼んでやってもらっている。

「でも、これは修繕じゃなく、新しいものに取り替えたほうがいいね」

と隆が提案すると、倫子はすぐに同意した。そして、隆がやった床や絨毯の応急措置を点検し、行き届いてない個所をやり直した。

夕食を食べながら、今日あった出来事を二人で話し合った。タイヤの交換や突風のことが話題の中心で、倫子は隆の話を聞きながら、いろいろと質問した。

倫子は帰宅してからずっと、普段どおりの言動を、いつものリズムで行なっている。隆のほうは、それに合わせるよう、言動に気を付けて、慎重に振る舞っている。しかし隆は今日、自分がしでかした妻への裏切りに心が痛み、それに耐えながら対応していたので、今にもワッと泣き出したい衝動に駆られた。

妻は何も知らない。いつものように夫を信じ、日々の暮らしを全うしている。一方自分は、普段と変わらない夫役を、内心ビクビクしながら演じている。だが、本当はこれ以上ない偽善者なのだ。

夕食が終わり、皿洗いの時が来た。夕食は主に隆が作ったので、洗い物は倫子が主になって行なう。そのため、倫子が立とうとするのを見て、隆は、

「いいから、いいから、疲れてるだろう。僕がやるよ」

そう言って流しに向かった。今の気分だと、少しでも体を動かしたほうが気が楽になる。これっぽっちのことで、罪滅ぼしにはならないが、少しでも過《あやま》ちを悔いたいという気はあった。

就寝の時間になった。二人は同じベッドで寝る。横になって、しばらくすると倫子は寝息を立て始めた。だが、隆は寝付かれなかった。アナベルの肢体の美しさやなまめかしさが目に浮かんだが、妻の安らかな寝息を聞きながら、もう会いに行ってはいけないと自戒した。

自分はこれまで、妻にどれだけ助けられたか数え切れない。アメリカに来て、自分の勉学を助けてくれたのは妻であり、銀行をリストラされ、再就職が難しい時、自分は焦って、家庭教師の仕事に手を出した。それをいさめて、もっと勉強に集中すべきだと主張したのも妻である。

今の苦しい時期は図書館などを利用し、しっかり勉強し、豊かな学識を身に付けること

が、将来の大学での常勤の仕事に繋がると指針を示した。

こんなすばらしい妻を裏切ってしまった。しかし、後悔し、心の中で詫び続けても何の意味もない。これからやるべきことは、もう二度と過ちは犯さないと誓い、それを実行することだ。

これからの生き方がはっきりし、気が楽になったので、隆は次第に眠りに入っていった。

翌朝目が覚めると、再びアナベルのことが頭に浮かんだ。でも、誓いを思い出し、打ち消しにかかった。しかし、次の日になるとまた、浮かんで来る。こうして、浮かんでは打ち消す作業が、しばらく続いた。そうすることで、アナベルへの思いは薄らいでいくと思った。

しかし、そういうふうには行かなかった。いくら打ち消しても、アナベルへの思いは消えていかない。初めの誓いは、次第に心許《もと》ないものになっていった。

愛撫

夜になると、アナベルへの思いが膨らんでいった。今この瞬間、きっと誰かに抱かれている。あのマンションか。それとも、どこかのホテルか。どこにいるのか分からないが、隆はアナベルのことを思い、胸が苦しくなっていった。

寝付きも悪くなった。アナベルは今どうしているか、アナベルのことで隆の頭はいっぱいになった。頭は冴え、寝苦しくなり、何度も寝返りを打った。側で寝ている妻は、昼の仕事の疲れからか、すぐに寝付いて静かに寝息を立てている。これがまともな人間のあるべき姿だが、自分はそこから乖離《かいり》している。そんな自分が情けなかった。

やっとのことで眠りに入っても、熟睡できなかった。夜中に何遍も起き、アナベルのことを考えた。夜中にホテルをさ迷うアナベルの姿を思い浮かべた。彼女からマンションの電話番号を教えてもらったので、そこへかけてみた。無情にも、不在を告げる声がした。こんな時間にまだ仕事をしているのかと思ったが、夜の間は不在電話に切り替えているのかもしれない。そう考えて、無理矢理自分を納得させた。

電話をかけると、頭が冴えて寝付かれず、夜を明かすこともあった。

アナベルには、次にワシントンに来るのはひと月後と告げた。三週間を過ぎるともう待てず、隆はアナベルに電話をした。

「思ったより、早く来られたのね」

「あなたに会いたくて、早く来るようにした」

「とても嬉しい。待ってるわ」

アナベルの声を聞いただけで、隆の気は楽になった。鬱積したものが、スウッとなくなった。

時刻を決め、隆はアナベルのマンションに向かった。隆がビルディングに入り、エレベーターに向かうと、エレベーターから降りてこちらに歩いて来る青年に出会った。初めに来た時に見た青年である。

妙なことがあると思いながらエレベーターに乗ると、ひょっとしたらという疑念が、隆の頭に過《よぎ》った。まさかと打ち消して、アナベルの部屋のノックをした。

「嬉しい」

と言って、隆を見るなり、アナベルは抱きついた。お義理に言ったのではなく、本当にそう思って言ったことが、隆を見つめる目付きからも読み取れた。

「僕はリッチモンドに住んでいるんじゃない。ワシントンに在住してる。本当のことを言うと困ると思って隠していた。すまなかった」

と言い、隆は自分の素姓を明かした。妻がいることも。週に一度はアナベルに会いたいので、本当のことを言ったほうがいいと思った。

「本当のことを言ってくれて嬉しいわ。良い付き合いをするには、おたがい本当のことを言うのがいいのよ。うその付き合いは、初めはいいけど、土台がしっかりしていないから脆く崩れるわ。奥さんがいて、こういうことをするのは、決して悪いことではないわ。男の甲斐性よ。両方をうまくやっていけば、男の価値が上がるのよ」

アナベルは、浮気をして妻に対し後ろめたさを持つ男性の気持ちにも言及し、気持ちの持ちようで、力強い生き方になると主張した。隆はアナベルが言うことを鵜呑みにはしなかったが、ものは考えようという気にもなり、罪悪感が薄らいでいくのを感じた。彼女の言うことは正論ではないが、この商売で生きていく女性として、堂々たる意見だと思った。

これまでのことをゆっくり話し合った後、隣りの寝室に入った。初めの日のような緊張感はなく、隆はアナベルの美しい肢体を、

「苦しかった、辛かった」

と喚《わめ》きながら、荒々しく愛撫した。アナベルはそれをやさしくいたわり、自らも燃えていった。

アナベルとの最初の情事の後、不倫をした罪悪感で隆は相当苦しんだが、二度目の後は大分薄らいだ。アナベルの呪文は、隆の罪悪感を弱めていったようだ。背徳心が薄れ、妻に対し悪いという気持ちで苦しむことが弱まった。それよりも、どうしたら妻にバレないか、そのことに気を配った。このように気持ちが変わったのは、アナベルが言った「男の甲斐性」という言葉だ。今やそれが、隆にとっての金科玉条になった。

脅威

週に一度はアナベルに会おうと決めたことで、隆の気持ちは楽になった。夜になると、アナベルが仕事に行くと思い、暗い気持ちになったが、近いうちにまた会えると思うと、前みたいな暗い気持ちは薄らいだ。就寝するためベッドに入っても、寝付きが楽になったのに気付いた。

一週間が経ち、アナベルに電話をかけ、訪ねる約束をした。扉をノックするとドアが開き、中に入ろうとすると、男が擦れ違って外へ出ようとした。見るとこれまで二回、エレベーターから出てきた時に見かけた若い男である。

「ハロー」と男が言うので、隆も「ハロー」と返した。男の目は冷静だが、隆の目は戸惑っていた。男は隆が入ってくるのを前もって知っており、隆にとっては予期しない出来事だった。

アナベルは、当惑した面持ちで隆を迎えた。予期せぬ出来事にうろたえていたが、あの男は確実にアナベルのヒモだと思った。彼女にそういう男がいるのが不愉快だったので、

「彼はあなたのヒモなのか」

とストレートな質問をした。

「よそ目にはそう見えるでしょうね。彼の名はジミー。ジミーは私にとって恋人なの」

アナベルに会う前から、ひょっとしたら、あの男は彼女のヒモではないかと、そんな気がしていたので、肯定されても驚かなかったと思う。しかし、アナベルから恋人だと告げられ、隆は強烈なパンチを喰ったような気がした。アナベルと自分の間に、真っ黒で巨大な石をドスンと置かれたような気がした。

「ジミーとは、どこでどういうふうに結ばれたの?」

不気味な石と向き合う前に、アナベルについていろいろなことを知りたいと思った。

「私はニューオーリンズで、普通の会社に勤めていたのだけど、不況の煽《あお》りを受け、リストラされたの。再就職しようといろいろ働きかけたのだけど、みんなダメだった。するとだんだんお金に困って来てね。親に頼めば、すぐに助けてくれたと思うわ。でも、親に泣きつくなんて嫌だったの。それで、エスコートのエージェントに加入してみたの。思っていたより、いい収入だったわ。世の中は不景気だし、普通の会社に就職するのは難しいし、そこでエスコートの仕事を続けたの。

ジミーに会ったのはその頃。客として会ったのではなく、彼はエージェントの事務所の改造に来ていたの。ジミーは工務店で働く大工で、仕事で来たのがきっかけで挨拶を交わし、付き合うようになったの」

アナベルとジミーとの関係はこれでハッキリした。彼女は長い話を終えると、たばこに火をつけた。

「ジミーは、エスコートの仕事を辞めるように言わなかったの？」

アナベルは、たばこを吹かしながら、

「もちろん言ったわ。エスコートの仕事を辞め、一緒に暮らそう。二人で生活を共にし、まともな仕事を見つければいい。彼の稼ぎだけでもどうにか食べていける。そう言ったわ」

出会いの頃を懐かしむ様子でもなく、淡々と事実だけを語った。

ジミーはきわめてまともな意見をしたのだと分かり、隆はさらなる質問をした。

「彼の提案に、あなたはどう答えたの？」

「この仕事は辞めないと、きっぱり言ったわ。仕事を続ける私がいやなら、別れましょうと言った。そうしたら、彼が折れたの。彼は大工の仕事を続け、私はエスコートの仕事を続けた」

ここまでの話で、二人の馴れ初めは分かった。では、どうして、二人はワシントンに来たのか。隆はそれを尋ねた。

「ニューオーリンズがさらに不況となり、エスコートの仕事でも客足が遠のいたの。それで仕方なく、二人でここに来たわけ」

アナベルと自分の間に置かれた大きな黒い石が、少し小さくなったのを感じた。だが、アナベルに対して親しみを懐く一方、ジミーの存在は、新たな脅威となった。それを打破することは難しいが、和らげることはできる。それには、何が脅威なのかを少しでも知ることだ。

「ジミーはワシントンに来て、大工の仕事はどうなったの？」

隆は脅威の本丸を突く質問をした。

「今はやってないわ。私の仕事には身辺警護が必要なの。エスコートは、安全な仕事ではないわ。夜の仕事が多いでしょう。ホテルからホテルへ移動する間、彼はホテルの外で待機しているの。

部屋の番号は、ホテルに入る前に彼に教えてあるから、あんまり遅いと心配して、部屋に電話をかけてくるの。もしも私の応答がないと、部屋まで飛んで来て、部屋をノックするの。客は私の体にご執心だけど、ジミーは私の体の安全をとても心配している。私は彼の愛をしっかり感じているわ」

アナベルとジミーの結び付きの強さを知って、隆は意気消沈した。立ちはだかる相手の脅威に対しては、その何たるかを知ることによって少し和らぐと思って質問をしていったが、どうやら逆に、もっと強いパンチを浴びてしまった。

悄気《しょげ》た様子を見て、アナベルは隆の心中を察した。

「ワシントンに来てから、心の中を見せたのは、ジミーの他はあなただけよ。あなたはそういう親しみを会うごとに感じさせてくれる。それが段々深くなってくるの」

そう言って隆の気持ちをほぐしてから、ベッドへ誘った。

「あなたのことを深く知るようになって、苦しさは増したけれど、愛しさのほうも募る。あなたは、本当に美しい」

隆の言葉に嘘はなかった。アナベルの体を静かに、思いを込めて愛撫していった。アナベルはそれに応えるように、

「あなたは、単なるお客ではないわ。私の心にぐいぐい入ってくるの。だからとっても嬉しい。もっと強く抱いて」

その言葉は、隆の体と魂を激しく揺さぶった。

アナベルのマンションを出て、隆は停めてある車に向かった。デュポンサークルに入り、歩道を歩いた。道に沿って、地面にチェス盤を置き、勝負をしている者が何組かいる。立ち見の者達に見守られながら、対戦者は駒を進めている。そういえば、この前通りかかった時にも見た光景だ。

地面に座り、対戦している人の中に、ジミーの姿があった。これで二回目だが、すべてを忘れ、チェスの勝負に打ち込んでいるように見える。それを見て、アナベルのことを考えながら歩いている自分が恥ずかしくなった。アナベルと睦《むつ》み合っている時も、ジミーは我を忘れて、チェスに打ち込んでいたに違いない。ジミーが彼女のことを考えながらチェスをやっていたら、身が入らない。それでヘマばかりしていたら、勝負事などできない。周囲を取り囲む立ち見客も、すぐに分かる。

ジミーはヒモであるが、決して侮《あなど》れない男だ。彼には、自分にはない図太い神経がある。敗北感を感じながら、隆は車に向かって歩いていった。

花火

一週間に一度は会いに行く。アナベルとそう約束した隆であるが、一週間が過ぎても会いに行かなかった。アナベルとジミーの強い繋がりを知って、隆はショックを受けた。今までみたいな、浮わついた気分になれなかったのである。いい機会だから、もう会いに行くのは止めようとも思った。

だが、きっぱりとそう決めたのではなく、いまだ未練を引きずったままの状態が続いた。

踏ん切りがつかないまま、隆の脳裏に浮かんだことがあった。アナベルを食事に誘い、断わられたら、それでおさらばしようと考えた。ちょっとした賭けであった。その後のことは、食事をしながら考えようと思った。

さっそくアナベルに電話をかけた。

「長い間連絡がなかったので、とても心配したわ。具合でも悪かったの？」

「そんなことはないよ。気持ちが通じ合う友達だと僕は考えているから、多少時間が空いても、心配なんかしていない。それよりもこれから、一緒に食事でもどうかな。急な話で悪いけど」

「分かった。すぐ来るの？」

「今、十一時十五分だから、十二時には着く。あなたのマンションを出た所で、ピックアップするからその頃下に降りてきて。それよりも、ジミーの許可はもらえるのかな？」

「これまで、お客と食事をしたことはないわ。ジミーは嫌がるけど、大切なお客だからと言って、しっかり説明しておくわ」

ポトマック川の対岸に、アレキサンドリアという古い町がある。そこは建物も歩道も、ことごとくレンガ造りで歴史的な景観がすばらしい。ルート一号線を通って南に行くと、町外れに日本食のレストランがある。

アナベルを乗せた車は、メモリアル橋を渡り、レストランへと向かった。

「私、今まで日本食を食べたことがないの」

「一度でも食べれば、きっと気に入ると思うよ」

「楽しみだわ。あなたと一緒に、日本食を食べに行くなんて、想像もしなかった。すぐに実現すると思うと、気持ちが高ぶるわ」

レストランに入ると、昼食の時間帯なので、客がいっぱいだった。日本人より外国人のほうが多かった。二人は空いている席へ案内された。

「アメリカ人のお客が多いのね」

アナベルは驚いて、そう言った。

「少しずつ日本食のおいしさが分かり、人気も高いみたいだね」

料理を待ちながら雑談していると、話題が絵のほうに行った。アメリカでも有名なフランスの画家、セザンヌの話になった。確か中等学校の時に下級生だったゾラと友達になり、長らく友情を育んだことを思い出した。だが、度忘れしてゾラの名前がどうしても出てこない。アナベルは助け舟を出そうと、次々にフランスの文学者の名前を口にした。

しかし、どれも違う。「ナナ」を書いた人と、隆が言うと、「ああ、ゾラのことね」と今度は即答した。アナベルが口にした文学者の中には、隆が知らない名前がたくさんあった。

料理が来た。外国人の中にも、上手に箸を使って食べている人がかなりいる。

「私もお箸を使ってみようかしら」

アナベルが興味深そうにそう言うので、隆は使い方を教えた。

だが、初めてなので、うまくいかない。そこで、フォークと箸の両方を使って食べることを勧めた。箸で食べられそうなものは箸で、それ以外はフォークを使うよう助言した。しかし、アナベルは、隆の忠告を聞かなかった。

「私、挑戦してみる」

と言って、フォークを使わず、箸だけで料理を食べ始めた。

ぎこちなく箸を動かすアナベルの様子を見て、隆は内心やきもきした。箸のほうに神経を使うあまり、肝心の料理を味わう余裕がない。だが、敢えて何も言わなかった。彼女は今、料理の味よりも、箸の使い方を覚えることに重きを置いている。好奇心に目を輝かせながら、悪戦苦闘する彼女の姿に隆はしばし見惚れていた。

これからもアナベルに会うのか、それとも今日を限りにやめるか。ここに来るまで悩んでいた隆の頭から、迷いは消えていた。自分よりも多くの本を読み、初めての日本食レストランで、箸の使い方に挑戦する。アナベルはこれまで、実家の援助や恋人の考えに異を唱えてまで、自立する道を選んだ。そういう強さの背景には、飽くなきチャレンジ精神があるからなのだろう。たかだか箸の使い方ひとつにしても、一心不乱に挑戦する。それに引き替え自分はどうだ。妻の助けを借りなければ、経済的にも精神的にも自立できない。アナベルを見ているうちに、隆は彼女の別の魅力を発見し、これからもずっと会うことに決めた。

アナベルをマンションに送る途中、彼女はレストランでの出来事を思い出しながら、楽しそうに語った。

「箸の使い方ばかり気にして、料理の味を楽しめなかったんじゃないの?」

「そんなことはないわ。確かに初めてなので、箸の使い方は難しかったわ。でもね、やっているうちに、焦ってはいけないと思った。ゆっくり食べていけばいいと思った。周りのアメリカ人はみんな、箸の使い方が上手よね。私は初めてだから、下手なのは当たり前。周りからそう思われても、私は私でゆっくり食べればいい。ゆっくり箸を動かすから、舌でしっかり味わい、嚙むことができるの。だから、おいしさは堪能できた」

アナベルの話を聞きながら、隆は楽しそうに相槌を打った。そして、先ほどのレストランにいた客の中でも、アナベルほど、日本食の味をしっかり味わい、堪能した者はいないのではないか、と思った。

マンションに着くと、おいしいケーキがあるからと言って、コーヒーを入れ、一緒にす

すめてくれた。レストランでデザートを食べてこなかったので、特別においしいと感じた。ケーキを食べながら、

「体の具合は悪くないと言ったけど、何かあったんじゃないの？」

とアナベルが尋ねた。隆が一週間以上も会いに来なかったので、そのわけを知りたかったのだ。

その質問に率直に答えるか、具合が悪かったと嘘を言うか迷ったが、

「本当のことを言うと、あなたとジミーの結び付きがとても強いので、尻込みをしたんだ」

と正直に打ち明けた。

「ありがとう、本当のことを言ってくれて。私とジミーのことは棚上げにしないと、私とあなたの関係は進行しないわ。私とあなたの関係は、他の客との関係とは違う。ジミーもそのことはよく知っているので、警戒しているの。この前、あなたが部屋に入ろうとした時、ジミーは頃合いを見計らって出て行ったでしょう。そうやって、ジミーは自分の存在をあなたに見せたかったの。私を奪われてはいけないと彼は必死なの。だから、ここに来るのが重荷なら、別の所で会うことにしましょうか？　どこかのホテルにする？」

アナベルの提案は、的を射たものであった。ホテルで会うほうがジミーの気持ちを傷つ

けず、隆の気分も軽くなる。しかし隆は、その提案を受け入れなかった。

「良い案だと思うが、事情があってそれはできない。僕は銀行を辞めた時、退職金をもらった。それ以外に、時間外勤務等の積立金があった。これは妻には報告していない。あなたへの支払いは、それでしている。

近いうちに、あなたへ指輪のプレゼントをしたい。ホテル代はすぐに消えてなくなるけど、指輪なら形として残る。だから、ホテルは止めにしよう」

指輪のプレゼントと聞いてアナベルはびっくりしたが、隆との関係はそれをもらってもおかしくないものになっているので、真剣な面持ちで、

「タカシ、ありがとう。本当に嬉しいわ。じゃあ、どこが良いの？」

隆の答えはすでに胸の中にあったが、それはあまり不道徳なものだったので、それを口にするのは怖かった。それで、清水《きよみず》の舞台から飛び降りる気持ちで、

「僕の家はどうだろう」

と言った。これにはアナベルもびっくりしたが、隆の度胸には感服し、

「あなたは、それで良いの？」

と念を押した。

「それで良い」

と、隆は言い、

「あなたとは、本当に清水の舞台から飛び下りる覚悟で付き合っている」

と付け加えた。そして、アナベルに、「清水の舞台から飛び下りる」という言葉の語源を説明した。

それから二人は、別室のベッドに入った。

「今日は、いろんなことがあったわね。あなたの心の中に、私はどんどん吸い込まれているわ。私、とっても嬉しいの。あなたに会えて」

いつもとは違い、アナベルが花火を仕掛けていった。花火は激しく燃え広がった。

情事

二人は隆の家で密会することになり、隆はアナベルを車で連れてきた。車は住宅街に入り、小高い場所に建つ隆の家に向かった。車道から玄関までの歩道に沿い、何種類もの夏の花が咲いていて、二人を歓迎しているように見えた。

ガレージの戸が開く間、アナベルは夏花を見ていた。降りてから玄関へはいかずに、ガレージから居間に入った。ガレージと居間とは直結しているので、隆達夫婦は家に入る時はいつもこうしている。隆は自分達がいつもやっている方法でアナベルを居間に招じ入れた。

入り口には細長い絨毯が敷いてあった。

「うちは日本式なので、ここで靴を脱ぐんだ」

隆は自らやってみて、手本を示した。

アナベルはそれを参考に、まず絨毯の真ん中に立った。ハイヒールを脱ぎながら左側を見ると、すぐそこに、隆の奥さんのものだと分かる運動靴とスリッパが置いてある。

それを見て、アナベルは、

「ずいぶん小さいのね。こんなに可愛い」

と言って泣き出した。突然何が起こったのかと、隆はびっくりしたが、すぐに絨毯の上に立つアナベルを抱きしめた。

「倫子の靴を見て泣いたんだね。ありがとう。心の優しい人だね。あなたは美しい上にとても優しい。だから私はぞっこんなんだ」

そう言って、隆がアナベルの肩を摩《さす》りながら強く抱きしめると、彼女は隆の胸に顔を埋め、さらに激しく泣きじゃくった。その姿には、男の浮気を肯定し、甲斐性論を滔々と述べる理論家の面影はなく、自分が傷つけている相手を気遣う、細《こま》やかさが見えた。

アナベルに家の中を案内した。その後で、キッチンでコーヒーを飲んだ。アナベルは終始黙りがちだった。いつものピンと胸を張った凛々しい姿はなく、うなだれていた。

「どこでしようか?」

隆が訊くと、

「あなたが好きな所でいいわ」

と言って、アナベルは自分の意見を言わなかった。

一番気を付けなければいけないことは、アナベルが来たことを感づかれることだ。倫子は匂いにとても敏感である。だからベッドは絶対に使えない。隆は玄関から入ってすぐの、絨毯の上がいいと考えた。その絨毯は家の中で、一番分厚い。

アナベルも同意した。彼女は大きなビニール袋の中に、大きなタオルを二つ持ってきていた。それを絨毯の上に敷いた。

俄《にわ》か作りの寝床である。玄関は閉まっているので、薄暗い。アナベルは着ているものを脱いで裸になった。いつもの弾けた姿はなく、どことなく萎《しお》れて見える。

「優しい気持ちを知り、とても嬉しい。うなだれているあなたは、本当に美しい」

隆は呪文でもとなえるようにそう言って、優しく愛撫していった。アナベルは終止無言であったが、だんだんとしとやかな波のようなうねりを見せ、自らも密《ひそ》やかな官能を味わっているように見えた。

家は環状線に近いので、アナベルを送っていく時にはそこを通り、ジョージ・ワシントン公園道路に入って南下する。あとは一直線にワシントンに向かう。

車がメモリアル橋に入り、対岸にリンカーン堂の建物が目に入った。その時であった。

「あなたは、どの宗教を信じているの？」

とアナベルに訊かれて、隆は一瞬冷やっとした。思わず、ハンドルを強く握りしめた。外国人からこの質問を受けると、いつもは仏教と答えている。特に仏教を信仰しているのではないが、実家には仏壇があり、法事はみな仏式でやるからだ。

アナベルにもそう答え、様子を窺った。

「仏教って、どういう教えなの？」

アナベルは突っ込んで尋ねた。今さら信者ではないと逃げるわけにはいかない。こうした質問は、日常の会話やパーティーでも時たまある。そんな時は、その場その場でどうにか繕《つくろ》っているが、いつも冷や汗をかく。

「うまく説明するのは、難しいなあ」

そう言って、何か気の利いたことを言おうとしたが、いい考えが浮かばない。

目の前の橋の上を、途切れずに車が走っている。それを見ながらハンドルを握っていると、ふと何かが頭の中で閃《ひらめ》いた。しかし、口に出す前に考えてみると、それが質問に沿っているのか分からない。

「仏教には、生死に関する深い教えがあると思うけど、よく理解していない……。今、ちょっと頭の中で何か浮かんだんだが、仏教とどういう関係があるのか分からなくてね……。

目の前にある橋の上を、依然として車が走っているだろう。動くものと、動かないもの。つまり橋は動かない。一方、車は動く。ラッシュの時、そして雪の日、車は数珠《じゅず》繋ぎになり、すごい重さを橋にかける。橋は車の動きや重さをしっかり支える。その時、橋は前後左右に、目には見えないが、ものすごい動きをしているのではないかなぁ……。これは仏教とは関係ないかもしれないが、動かない橋のすごい力を感じてね」

隆の説明は、アナベルの質問とはチグハグで、支離滅裂のように思える。アナベルはそれ以上、なにも訊かなかった。

倫子が帰宅するまでの間、隆は、あたかも大罪を犯した罪人が判決を待つかのような、落ち着かない気持ちでいた。なにしろ、我が家が情事の現場になったのだ。家は夫婦にとって聖域であり、他の何者も侵してはならない場所だ。そこへ隆は、よりによって不倫の相手を連れ込んだのである。

それでも隆は、初めてアナベルと体の関係を持った日のような悔恨の念に駆られることはなかった。その一因は、アナベルの浮かべた涙であった。倫子の履物を見てアナベルが泣いたことは、優しい気持ちの発露であり、倫子に対する隆の、謝罪の気持ちを代行したように思ったからだ。

犯人が自首せず、逃亡を続けるように、倫子に対して自責の念に駆られることより、犯行の痕跡が残っていないかに気を配った。だから倫子が帰宅し、何の疑いもなく過ごしていることに安堵し、胸を撫で下ろした。

隆が寝床に入った時、目に浮かんだのはアナベルの涙であり、車がメモリアル橋に差しかかった時の「仏教ってどんな教えなの？」という質問であった。車と橋が目に浮かび、途方もない車の総重量を支える橋の辛さとはどういうものかを考えていると、次第に眠くなり、眠りに落ちていった。

背徳

隆の教えている大学は夏休みに入ったが、夏期講座は続いていて、隆はその年も講義を持った。

ある夜、講義からの帰り道、隆の乗る車がメモリアル橋に差しかかった。しばらくの間は支障なく前進していたが、いきなり突風に煽られ、隆はハンドルを強く握りしめた。強風は止まずに吹き続ける。隆はその時、右から二つ目の車線を走っていた。すると、右の車線の少し前を行く車が、強風に煽られ、隆の前に割り込んできた。隆はブレーキを踏み、衝突を避けた。

風は右から左に吹いている。強風はなおも続き、隆はハンドルを強く握りしめたままだ。割り込んできた前の車は、さらに風に煽られ、今度は左の車線に変わった。

ホッとしたのも束の間、風の向きが変わったのか、ずっと前方の、左の車線を走る車が、隆の車線の前方に移った。再びハンドルを強く握り、前の車にぶつからないようにと、ブレーキを踏みながら運転を続けた。

実際はごく短い時間の間で起きた出来事なのであろうが、橋を通過するまで長く感じた。普通の道路に出たら、強風は収まってきた。今の椿事《ちんじ》を思い出して、あれは一体何だったのか。確かに突風が吹き、しばらく続いたが、ただそれだけのことなのか。大学から橋までは平穏で、橋に入り突然強風が吹き、橋を通り過ぎたら、元に戻った。まさしく椿事である。風が強かったので、自分はハンドルをしっかり握り、同じ車線を維持できたが、他の車はあっちに揺れ、こっちに揺れしていた。

どうして、そういうことが起こったか。自然現象の背後に、神の存在があるとしたら、自分は幸いにも保護され、事故を避けられたのだろうか。これは神の恩寵なのか。椿事が橋の上で起こったということは、橋と自分に何らかの関係があるのか。

子供の頃から橋に対しては思い入れがある。アメリカに来て、メモリアル橋を通るようになってから、おかしなことが気になりはじめた。あの橋が人間だったら、毎日大変な重みを背負っている。どんなに苦しいだろう、どんなに辛いだろうと同情している。そんなことを考えている、自分に対し、神が恩寵を与えてくれたのだろうか。

隆は今しがた起きた不思議な出来事を考えながら運転し、帰宅した。そして倫子に、つい さっき体験した橋の上の出来事を話した。何かに守られているのかもしれないと、車の中で感じたことも付け加えた。

「大変だったわね。神様が助けてくださったのかもしれないわ。常日頃、善いことをしているからよ。神様はお見通しなのよ」

妻の言葉は、隆の胸を鋭く刺した。彼女は自分の背徳をまったく知らない。安堵の胸を撫で下ろし、夫を信じて疑わない妻の気高さを神々しく思った。

橋の椿事に遭遇してから数日後の土曜日、隆は妻と二人で郊外にあるショッピング・モールへ行った。レストランで食事をし、お気に入りのデパートに入り、目ぼしいものを眺め、歩き回った。

一番のお目当ては、倫子の仕事着を買うことだった。いつもはまず、婦人服売り場で、いろいろ物色する。倫子は候補のものをいくつか持って、試着室に入る。次々と着て、隆に見せる。隆から意見を聞き、最後は倫子がどれを買うのか判断する。

隆は、試着室の入り口に置いてある椅子に座った。倫子が見せに出て来るのを待ちながら、先日の橋の上の椿事を思い出していた。

夜の帷《とばり》がおり、薄暗いライトの明かりの中で、目の前をいくつかの車が、右へ行ったり、左へ行ったりしながら動いていく。夢みたいな光景だった。

それを思い出していると、倫子が初めの服を試着して出てきた。隆は、橋の上の出来事を思い出しながら、試着した倫子の姿を見た。朝霧の中から現れた婦人が、色合の美しい服を身に纏っているようだった。

隆はそれをうっとりと眺め、

「とってもいい、美しい」

と口吟《くちずさ》むように言った。

いつもの隆なら、色合いやデザインについていろいろ分析し、意見を言う。ところがその日は、じっと服に見蕩れ、たった一言、

「とってもいい、美しい」

と感動した面持ちで言ったのである。

二着目の時もそうだったし、三着目も同じであった。面倒だからそう言ったのではなく、ほんとうに、うっとりした眼差しでじっと見つめて、しかもそれを繰り返したのである。

「三着のうち、どれがいいと思う？」

と倫子が訊いた。倫子は一つだけ買う予定にしていたので、どれがいいか迷っていた。だから隆に助言を求めたのだ。

しばらくして、隆は、

「三つ、どれもいい。みんな買おう」

と言った。言い方が、気持ちの籠ったものだったので、

「嬉しい、いいのね。じゃあ、三つとも買うわね」

と倫子は念を押した。

「三つとも色合いがいい。淡く霞んで、夢を見ているように美しかった。そういう素敵な服に身を包む君の姿に僕はうっとりした。見ていてとってもいい気持ちだった」

隆は思いのままを倫子に言った。

今日の夫はどうもおかしい、倫子はそう思ったが、隆は試着したものをしっかり見てい

たので、嬉しい疑問であった。結婚して長いのに、新婚時代みたいな気分で自分を見てくれたのをとても嬉しく思った。

呪文

九月からは大学の授業が始まるので、夏の終わりに倫子と二人で、北海道にバケーションに行く予定を、年初に立てていた。そうなると長期間アナベルに会えなくなる。そこで、隆は旅行に行く前にアナベルに指輪のプレゼントをあげようと思った。

隆の頭に浮かんだのは、ブルー・トパーズの指輪である。アナベルに会う前に、隆はアレキサンドリアにある宝石店に下見に行った。安くて手頃な品物が幅広く置いてある。値段はほぼ同じで、色と大きさの違うのがあった。アナベルを連れて来て、自分で選んでもらおうと思った。

アナベルに電話して呼び出すと、その店に車を走らせた。店に入り、隆が見立てた二つの指輪を見せた。

「こんなすばらしいものもったいないわ。私、これで結構よ」

アナベルは安いものを選ぼうとした。

隆が、自分で選んでおいた二つのうちから選ぶよう、きつく言うと、小さくて色の濃いほうを選んだ。隆もそれが好きだった。アナベルの選び方が気に入った。サイズは少し大きかったが、かえってこれくらいがいいとアナベルは言い、指に嵌《は》めたまま嬉しそうに店を出た。

隆の家に帰ると、二人はひと息入れてから、玄関にある絨毯の所に来た。アナベルは前と同じに、持ってきたタオルを敷き、服を脱いだ。指輪は嵌めたままである。

うす暗い空間の中で、ブルー・トパーズの青い輝きは、アナベルの色白の体をいつもより艶《つや》っぽく見せていた。隆は、

「ブルー・トパーズ、この神秘的な青の輝き。これはあなたをいっそう美しくさせる」

と言いながら、彼女の体をやさしく愛撫していった。アナベルは、隆の愛の呪文に、健やかな喘《あえ》ぎをいつもより音高く放っていた。

神秘

二人の実家は両方とも名古屋にある。北海道へ行く途中、それぞれの実家に立ち寄った。名古屋で一泊した後、北海道へ向かったが、二人とも初めての地である。今回、一番の目

当ては摩周湖である。

網走から釧路に向かう釧網本線の中間に、川湯という駅があり、近くに川湯温泉がある。そこの観光ホテルに泊まった。

時差ボケはまだ続いていて、隆は朝早く目が覚めた。倫子はまだ眠っているので、カーテンは開けないで、左手で端をちょっと押さえて外を見た。朝靄に包まれながら、前方に硫黄山がくっきりと姿を現している。昨日までのぐずついた天気が、今日は嘘みたいに快晴になっている。ホテルの車で、観光バスの出る所まで送ってもらった。

天気が良いので阿寒湖まで行こうかと迷ったが、二人とも体の調子がよくないので、摩周湖だけ見に行くことにした。前の晩は、摩周鯛の生造りや噴火鍋という、アメリカでは口にできない御馳走がいっぱい運ばれてきた。

「時間をかけて、ゆっくり召し上がってください」

と言う気の良さそうな仲居のおばさんの言葉を真に受け、つい食べ過ぎてしまった。

バスは山頂に向かって、螺旋状の道を上がっていった。最初に停まったのは第二展望台であった。休憩時間は二十分である。バスを降りる時、運転手が、

「展望台は左右にありますが、左のほうの見晴らしがいいですよ」

と教えてくれた。石段を上がりながら、

「左だけにしようか？」

という隆の提案に倫子も同意した。

石段を上がった所で、道は左右に分かれる。そこで下を見た途端、湖は一部しか姿を見せていないのに、湖面のあまりの美しさに隆は唸《うな》った。展望台の所まで行くと、もっと美しく見える。そのように期待で行ってみると、今度は摩周湖の全景が見えた。絶句した。二人は顔を見合わせ、口を閉じ、ただ頷き合った。しばらくして、隆が、

「来てよかったね」

と言うと、倫子も、

「本当にそうね」

と言った。

隆は、山中の神秘に邂逅した、という思いを持った。摩周湖はよく神秘の湖と言われているが、それを自分の目で見て、実感として捉えられたので、心は弾んでいた。現世にある湖でなく、遠い昔話にあるまぼろしの湖を見ているような感じがした。

湖はゆるやかな稜線を持った、そう高くない山々に囲まれている。水底の深さに関係があるのか、湖面には大小の円や楕円がいくつかできていて、灰色がかった色をしている。全体的には、それを外側から濃い緑色がかった青色で包んでいるように見える。

高所からは、水面の波立ちは見えない。湖面は静まり返った一枚の大きな鏡になっていた。神が絵具で塗りつぶしたとしても、こうもうまく調合できるのかと、疑問だ。それだけ色の配合が絶妙であった。

「ブルー・トパーズ」に似ているなと思った。アナベルのことが目に浮かんだ。今、アメリカは夜である。アナベルはどうしているか。客に身を任せているのか。それとも、ジミーと睦み合っているのか。

未だかつて見たことがない、神秘的な自然の美しさを目にしながら、疾《やま》しい考えがちらつく自分を情けないと思った。

惰性

日本から帰り、初めてアナベルに電話をかけた。会話中、背後から「ギャア」とか「オエー」という奇妙奇天烈《きてれつ》な声が聞こえた。明らかにジミーが、ふざけ半分、おどけ半分で叫びながら、隆との電話を邪魔している。

一度目の時、それについてアナベルに何も言わなかった。二度目の時もまた、ジミーの妨害があった。

「止めなさい、子供みたいなまねは止して」

とアナベルがきつく言っても止めない。隆が迎えに来る時間が分かると、アナベルは電話を切った。

「ジミーは荒れているんだね」

自宅に向かう車の中で、隆は言った。

「そうかもね、子供みたい」

「それだけジミーは、あなたが僕の家に行くのが嫌なんだ。ところで、慰めのセックスはしたのかい？」

アナベルとジミーのセックスについて、隆はとても気になっていたので、以前尋ねたことがあった。夜になり、エージェントから、どこかのホテルに行くように言われた後、家を出る前に二人は慰めのセックスをするという。だけど隆は昼の客である。どうするのか尋ねると、隆の家に行く前に慰めのセックスをするのだと聞いた。

隆の質問に、しばらく答えなかったが、

「今日もしてきたわ。それでも気持ちは収まらなかったみたい」

アナベルは不機嫌な顔で、そう答えた。隆はジミーの奇天烈な声に、彼の心の動揺を感じた。前にはなかったことである。ジミーなりの抵抗があると思った。

以前なら、アナベルのマンションで隆と愛し合っている間、ジミーはデュポンサークルの歩道で真剣にチェスをしていた。隆の家に行くようになってからは、そういう心の余裕がなくなってきている。

こういう事態になっても、アナベルは、隆の家に行くのを止《よ》そうとは言わなかった。ただ隆に、

「ジミーは子供なの。あなたは大人だから、気持ちを大きく持って」

とだけ言った。それに対し隆は何も言わなかった。アナベルの言っていることを受け入れ、実行することは難しかったからだ。しかし、我慢ができなければ、アナベルとの付き合いはできないと思った。

それ以後も、ジミーの奇声は続いた。アナベルの要望を受け入れなければと思うが、隆の不愉快な気持ちはずっと続いた。アナベルとの情事は、前みたいな高揚感を失い、惰性で続いていた。

訣別

倫子の実家から、長兄の長男、つまり甥の結婚式が今秋に行なわれると知らせてきた。

十一月の初め、大安吉日の日と決まり、倫子と隆は招待を受けた。隆は大学の講義があるので行けないが、倫子は四日ほど会社から休暇をもらい、出席することになった。

隆はそのことをアナベルに告げ、二人でニューヨークへ行こうと提案した。ジミーの奇声から逃れて、憂さ晴らしするのが目的だった。

「いいわ。ジミーは猛烈に反対すると思うけど、説得してみる」

「お願いだよ。あなたと一緒に五番街を歩きたいんだ」

「素敵だわ。私、ニューヨークに行ったことがないの」

ジミーの猛反対はあったが、アナベルは宥《なだ》め、賺《すか》し、渋々承諾させた。それで、隆は帰国する倫子をダレス空港で見送った後、アナベルの所へ行き、二人でレーガン空港へ向かった。そこからは、日に何便かシャトル便のニューヨーク行きが出ている。

ニューヨークに着き、空港からタクシーに乗った。行く先を尋ねた運転手に、隆が著名なホテルの名前を口にした。

「えっ、本当にそこへ行くの？　予約は大丈夫？」

「取ってある。九月は国連の総会で、各国から首脳が来るので満杯だが、それ以降は十二月まで空き室がかなりあるんだ」

チェックインすると、二人はすぐに部屋に入った。荷物を運んでくれたポーターにチップを渡すと、すぐに退散した。それを見るとアナベルは隆に抱きついた。

「夢みたい。やっと二人きりになれた。私、興奮してるわ」

暖房がしっかり利いた部屋の中で、アナベルはベッドの布団を捲《まく》り、裸になって、隆を招じ入れた。いつものアナベルとは違って、自ら愛欲を求める牝豹《めひょう》のようだ。アナベルの炎は隆にも点火し、二人は激しく燃え上がった。

二人は、夕暮れのニューヨークをぶらぶら歩き、ホテルに戻ると、食事を取るために着替えをした。アナベルは、スーツの上に鼠色のミンクのオーバーコートを着た。

夕暮れ時の五番街は、道行く人でいっぱいだった。小雨が降ってきたので、アナベルが持ってきた若草色の雨傘を隆が差しかけ、せっかくのコートに雨が当たらないようにした。

道行く人の何人かは、従者みたいに付き従うオリエンタルの男に傘を差しかけられ、目抜き通りを颯爽《さっそう》と闊歩するアナベルの艶やかな姿に目を奪われた。好奇な視線には目もくれず、アナベルは腕を組む隆に歩調を合わせ、胸を張ってゆっくり歩いた。中にはそんなアナベルに、笑顔を見せる人々もいて、隆は親しみを感じ、群集の中での見知らぬ人々との心の通いを楽しんだ。

夕食を終え、ホテルに帰った。ウイスキーを口にしながら、ニューヨークのそぞろ歩きとおいしい夕食の感想を語り合った。

「氷をもらってくるわね」

アナベルは言いおいて、部屋を出た。長い間帰ってこないので、隆は部屋を出た。二人が泊まっている階のどこを捜しても、アナベルは見つからない。それで、下の階に行った。遠くのほうで、アナベルが公衆電話で話しているのが見える。こちらに背を向け、電話で話をしている。相手はきっとジミーだな。アナベルは、隆とニューヨークを楽しみながら、心の片隅でジミーのことが気になるのだ。

立ち止まって見ていても、向こう向きに立っているので、会話を続けている。頭の天辺《てっぺん》にバケツの水をぶちまかれたかのように感じた。

しばらくして、アナベルは何食わぬ顔で部屋に入ってきた。隆は怒鳴りつけたいのを我慢した。アナベルは、隆に見られていたのも知らず、酒宴の続きに入った。

ウイスキーをうまそうに口にし、あれこれと話を続けるアナベルに、隆は適当に相槌を打った。苛々《いらいら》した気持ちをじっと押さえ、アナベルがグラスに注いでくれるウイスキーを苦々しく飲んだ。

シャワーを浴び、二人はベッドに入った。セックスの時、大抵は隆が先陣を取る。アナベルはそれを期待して待ったが、その気配がない。アナベルは痺《しび》れを切らして、隆の体を愛撫し始めた。隆はそれを拒みはしないで、なすがままにさせた。最後はアナベルが上になり、隆は下で応じた。

「たまには、静かにしているあなたに荒々しくぶつかっていくのは、とてもいいわ」

アナベルは、満足そうな声を出した。隆はそれに対し、何も言わなかった。しばらくして、アナベルは眠りに入ったが、隆の頭は冴え、眠れなかった。ジミーに電話しているアナベルの後姿が思い出され、なかなか寝付かれなかった。

次の日、二人はホテルで朝食を取り、飛行場へ向かった。ワシントンに向かう機上でも、隆はだんまりを続けた。

たまりかねて、アナベルは、

「何が原因で腹を立てているの？」

と切り出した。隆はいよいよきたなと思ったが、

「別に」

と言って、アナベルの反応を窺った。

アナベルは、ジミーに電話をしたのが原因かと考えたが、隆には現場を見られていないと思った。でも、部屋に帰ってくるのが遅かったので、疑っているのだろうか。それならいっそ、シラを切るより正直に話そう。そう判断した。

「ジミーに電話したの。あなたとのニューヨーク行きに、彼は大反対だったから。そうい

う彼の気持ちを考えたら、可哀想で、慰めてあげたかったの。分かってほしいわ」

隆はそれに対して、さらにだんまりを続けた。ワシントンでは、ジミーは自分とアナベルの関係が密になるのを邪魔し続けるので、遠く離れたニューヨークで、二人だけの親密な関係を持とうとした。アナベルも自分の計画に協力してくれると思った。しかし、ジミーへの電話で、自分のもくろみをぶち壊されてしまった。隆にとっては思いも寄らぬ攻撃であった。

アナベルの言いわけに、隆はウンともスンとも言わなかった。アナベルとジミーの結び付きの強さを見せつけられて、今の自分の気持ちを言うこともできず、怒りをぶちまけることもできなかった。

ウジウジした煮えきらない態度に、今度はアナベルが腹を立てた。

「気持ちの小さい男ね、隆なんか大嫌い」

とアナベルもそれ以後は口を閉じた。

飛行機を降り、二人は隆の車が停めてある駐車場へ向かった。アナベルは自分の旅行用バッグを後ろの座席に置くと、助手席には座らず、後ろに座った。

車から降りたアナベルは、気持ちが少し収まったのか、諍《いさか》いの原因は自分にあると思い、

「ありがとう。とても楽しかったわ。気を付けて帰ってね」

と言ったが、それでも隆は何も言わない。

アナベルは自分の荷物を取ると、荒々しくドアを閉めた。聞こえよがしのドアの音を聞くと、隆は黙って目を閉じ、運転席に座った。

いよいよこれで、二人の関係に終焉《しゅうえん》が来たと思った。一抹の寂しさはあるが、どうしようもない。これからはその寂しさに耐えていこうと思った。自分には立派な妻がいるのだから、不倫とはきっぱり訣別し、本来のあるべき道を歩いていこうと決心した。

不倫

それから二日後、隆は倫子を迎えにダレス空港へ行った。甥の結婚式のため帰国していた妻の姿を見て、隆の目頭は熱くなった。妻の不在の間、妻を恋い、悶々と日々を暮らした夫の涙ではなく、己の罪の深さを詫びる悔恨の涙であった。

それを見て倫子は感動し、涙を流し、隆に抱きついた。

「あなたの涙を見るのは初めて。冷静な人だから、涙なんか流さないと思った。嬉しいわ。私は日本で楽しんできたのに、あなたは寂しかったのね」

と言いながら、自分ももらい泣きして、隆に抱きついた。

家に着き、車をガレージに入れた。後部座席に置いてある二つの旅行バッグの大きいのを隆は摑《つか》み、家の中に入った。

倫子は小さいバッグを摑もうとしたら、足場に、見慣れない若草色の雨傘を見た。おやっと思ったが、それには手を触れず、バッグだけを持って家に入った。

「見慣れない雨傘があったわよ」

と倫子が言った。

「どこに？」

「後ろの座席の下のほう」

隆は先ほど大きいバッグを取り出した時には、気付かなかった。妙だと思いながら、ガレージに行った。倫子もついてきた。

若草色の雨傘が、後ろの座席の足元にあった。見た瞬間、それはアナベルのものだと分かった。

不思議に思って足場を見ると、足の置き場の後方が横に凹んでいる。アナベルは傘を忘れたのではなく、故意にそこに置いたと思った。隆が大きい荷物を取り、ドアを勢いよく閉めた反動で、転がって前に出てきたのである。

「この傘どうしたの？」

と倫子が訊いた。夫に妙な疑いを持って訊いたのではなく、当たり前の質問をしただけである。

「講義があった夜、昼間は晴れていたのに、夜になって雨が降った。傘を持たない学生から頼まれ、三人乗せたんだ。そのうちの一人が傘を持っていたのだけど、降りる時に忘れたんだろうな」

隆はありったけの知恵を絞り、妻の質問に答えた。当日の夜、本当に雨が降った。隆はそれを言い訳に使った。

「そうなの。いい色の傘ね」

と倫子は言い、それ以上は何も言わず、家の中に入った。雨の日、隆は大学の講義が終わって帰宅する時、途中に住んでいる学生を乗せることがあるからである。

一難が去り、隆はほっとした。結婚してこの方、隆は女性関係で波風を立てたことがなく、倫子は隆に信頼を置いていた。鋭い追及の矢を放たない妻に、隆は胸を撫で下ろし、感謝した。

倫子は、澄んだ心の持ち主である。それはまるで、山中の透き徹った小川のせせらぎのようだ。日々の生活の中でも時おり、隆はそれを感じ、溜め息をつく。若草色の雨傘を見て、本当は不倫の証拠なのに、何の疑いも持たなかった心の美しさに、隆はひれ伏したい思いだった。

次の日は、大学で教える日だったので、隆は雨傘を自分のオフィスに持っていって、部屋の隅に置いた。忌ま忌ましい雨傘と思いながら、アナベルに返すことはできない。会えば縒《よ》りを戻すことになり、そんなことになってはいけない。

何がなんでも、今回がアナベルと別れる潮時だと思った。幸いに妻の倫子は自分の背徳を知らない。アナベルともう二度と会うまいと誓いを立て、実行すれば、今までどおりにうまくやっていける。

傘の一件は隆にショックを与えたが、自分に寄せる妻の信頼が危機を救ってくれた。このことは、これから自分はどうするかの指針を与えてくれた。今後アナベルに会うのはよそう。これを転機に、自分が歩むべき道の土台にしよう、そう隆は思った。

隆はその決意をただちに実行することにした。だからもう、アナベルに電話をかけず、当然向こうからも電話がかかってこない。絶縁状態になったことは、とても良いチャンスだ。だからこういうふうに進んでいけばいいと思った。アナベルのことが頭を過《よぎ》っても、打ち消すように心がけた。

しかし、隆の決心は日が経つにつれ、揺らぎ始めた。昼間は図書館へ行き、大学で教える準備をする。大学で講義のある日や家庭教師の時は、それに備える。だが、それ以外の時は気が緩み、アナベルのことが気になっていった。

ベッドに入って眠ろうとすると、アナベルは今頃どうしているか、誰かに抱かれているのかと、自分でどうすることもできないことで、頭はいっぱいになった。以前もそうやって苦しんだが、それがまたぶり返したのである。

苦しみの中で、隆はアナベルと不仲になった原因を考えてみた。ニューヨークに行った時の、ジミーへの電話でショックを受けた。あれが悔しくてたまらなかったのだ。

それは、自分のちっぽけな心から派生したものである。ニューヨークに来て、一人ワシントンに残してきた恋人のことが気になるのは、当たり前の人情である。それを咎《とが》めるのは、自分の我が儘《まま》な性格に原因がある。

そんな単純なことが今まで分からなかった。アナベルにはこうあってほしいという、自分の望みどおりに事が進まないので、彼女に腹を立てた。

アナベルとの訣別から生じた苦しさから導き出されたのは、彼女にとった我が儘な行為の反省であった。それで今度は、自分の今の気持ちをアナベルに会って伝えようと思った。

そんな身勝手な口実ができたことで、隆の心は少年のように高ぶった。受話器を取り、アナベルに電話をかけた。アナベルが電話に出ると、

「あなたに会いたい」

とだけ隆は伝えた。

隆の真意が分からないので、

「いったい、どうしたの？」

とアナベルは疑問を挟んだ。

「会って、ニューヨークのお詫びをしたい」

「分かった。私もあなたにすごく会いたい」

アナベルを彼女のマンションに迎えに行き、いつものように自宅に向かった。隆は途中で、これまでの気持ちの変化を話した。ついでにあの時の雨傘は、いつでも返せるように、保管してあると言った。

隆の話の中で、アナベルが一番注目したのは、雨傘を見た時の倫子の反応である。自分は車を降りるとき、わざと傘を置いてきた。それで夫婦が揉めるのをもくろんだ。ところが、隆の説明によると、倫子は何の疑問も持たずに、あっさり了解した。

隆は途方もない背徳行為をしている。現場を押さえたわけではないが、自分は長い時間家を空けたのだから、少しでも疑わしい証拠を見れば、何かしらの疑いを持つのが自然だ。夫のことをまるっきり信用しているか、よほどの鈍感である。

どう判断していいか難しいが、倫子に対して畏敬の念を抱いた。普通の尺度では計れない、人間離れしたとてつもなくすばらしい女性だと評価した。

つまらないいさかいによって、ほとんど破綻しかけていた二人の仲は急速に修復され、以前にも増して接近した。家に着くのがもどかしいほど、二人の欲望は高まり、誰にも止めることなど不可能だった。

久しぶりの営みに、二人の心は燃え上がった。まるで熱に浮かされたけだもののように貪《むさぼ》り合い、求め合った。アナベルの動きは格別で、倫子に対する対抗心も加わり、濃厚なエロスを発散させた。アナベルの変身ぶりに、隆はたじろぎながらも、歓喜の悲鳴を上げた。

この再会によって、二人の仲はより深みに嵌まっていった。アナベルの体に耽溺《たんでき》する自分に対し、もはや後戻りする気などなくなった。こうなったらもう、奈落の底に落ちてもかまわない、と腹を括った。

アナベルのほうは、せっかくニューヨークの旅を楽しんだというのに、つまらないことで隆と別れることになり、寂寥《せきりょう》の日々を送っていた。だが、単に客の一人が減ってしまっただけだと思うよう、自らに言い聞かせた。

悶々とした日々を送っていたアナベルの所に、隆が舞い戻ってきた。隆の復帰により、アナベルの胸には新たなる喜びがこみ上げてきた。逢瀬を重ねるにつれ、単なる客の一人ではなく、隆は特別の人だという思いが強まっていたが、訣別後の和解は、隆に対して深淵な思いを抱かせた。

　再会を果たした後にも、何かの折にふと、隆の面影を偲ぶことがある。そんな時、クローゼットの奥から、大切にしまってある、隆からプレゼントされたブルー・トパーズの指輪を取り出し、指に嵌めて眺めるのが習いとなった。

　次の週もまた、隆の家に行き、キッチンでひと息入れた。ペプシを飲み終えると、アナベルはハンドバッグから一枚の写真を取り出した。そこには日本人の青年が一人で写っていた。手には獅子頭を持ち、黙ってこちらを見ている。なんでも、本屋の棚の上にあったので買ったという。

「これ、どういう人形なの？」

　とアナベルは聞いた。隆は、

「おそらく獅子舞の恰好だろうな」

と答えた。そう言われても、すぐには理解できなかったが、もう一度写真をじっと見つめた。それを見て隆は、

「近いうちに、ケネディー・センターで歌舞伎の公演がある。行ってみないか？」

と尋ねた。アナベルは、すぐさま、

「イエス」

と、はっきり答えた。
二、三日前のことだった。倫子から猿之助の歌舞伎公演が近々ケネディー・センターで開催されると聞いた。倫子はその公演のチラシを隆に見せた。前売り券は二週間前から発売されるので、まもなく始まる。
倫子が行きたそうな素振りなので、

「前売りがスタートしたら、買っておこうか?」

と隆が訊くと、

「お願い。よろしくね」

と、倫子は嬉しそうにしていた。

三人で歌舞伎を見るとなると、問題は席をどういう形で取るかだ。隆と倫子は一緒に見るが、アナベルはどうするか。日を違えて見るか。同じ日にすると、アナベルはどこで見るか。

夫婦二人並んで見て、アナベルが別の場所で見るとなると、アナベルが可哀想である。あとは、三人一緒に見るということになる。それは可能である。倫子はアナベルのことを全然知らないからだ。

そんな悪趣味な想像をすると、その場面がただちに目に浮かび、胸の鼓動が高まった。二人だけの秘密を保ちながら、自分の横には発覚を避けねばならない妻がいる。火を付けたら爆発するダイナマイトの前を、火の付いたローソクを手に、二人で手を繋いで歩くようなスリルを覚え、隆は興奮した。何も知らない倫子は可愛想だが、陰で悪いことはいくらでもしている。後ろめたさはあまり感じなかった。

その日が来た。公演は八時からである。隆は妻倫子をケネディー・センターのオペラ座の前で降ろし、路上駐車して戻ってきた。

入り口から入ると、イブニングドレスに着飾った紳士・淑女でいっぱいだった。劇場の入口は突き当たって左に曲がった所にあり、そこに向かう人々が多かった。

観客席は四階まであり、一階の観客席は中央、左右と、三つに分かれていた。隆達の席は一階中央側の真ん中あたりにあり、右側の通路側に三つ取ってあった。

アナベルは、すでに座っていた。開演までまだ二十分以上もあるので、観客の入りはまばらであった。隆達の列には、アナベルのほかに誰も座っていない。隆は内心ひやりとした。倫子が何か感づいたかなと思った。アナベルは、公演の案内書か何かを読んでいる。こちらを振り向こうともしない。

観覧の時、隆はいつも通路側に座る。だからいつものように、倫子がアナベルの側に座るだろうと思った。しかし、倫子はアナベルをひと目見て、何か抵抗感をおぼえたのか、隆にそちらに行くことを勧めた。若くてチャーミングなアメリカ人の女性なので、何となく側に座るのが嫌だというだけで、何かが仕組まれているということまでは感づいていないようだ。

「君が奥のほうへ、どうぞ」

アナベルの側に座りたいのは山々であるが、倫子にそう促すと、彼女は渋々それに従った。アナベルの左隣は、十席くらい空席になっている。開演までに人で埋まればいいが、空席のままだったら、倫子に怪しまれるなと思った。

倫子が座る時、アナベルは倫子にちょっと目を向けたと思ったが、二人が会釈を交わしたかどうかは分からなかった。左にいる妻を見るふりをしてアナベルを見ると、暗い明かりの下で、案内書を読み続けている。

アナベルの胸中はどうだろうかと考えた。書いてあることが頭に入っているのだろうか。「よく来たね」とか、「何か分からないことはないかい?」と声がかけられない自分がじれったかった。

「始まる前に、席を替わってね」

と倫子が言った。前に座っている男性の背が高くて、よく見えないという。倫子と話をしながらアナベルを見ると、目を細くしてまだ案内書を読んでいる。

そろそろ開演時間を迎え、隆は席を立って倫子と替わった。倫子は座る時、アナベルに向かって、小声で、

「前の方の背が高いので替わります」

と、声をかけた。アナベルは驚いたが、言葉の意味が分かり、

「気にしないでください。ご丁寧にありがとう」

と謝意を述べた。短い会話を通じ、二人は笑みを交わした。

倫子はアナベルに声かけする必要などないが、ひょっとしたら、アナベルの側に座るのが嫌だから交替したと思われ、不愉快な気持ちにさせてしまう、と考えたのだろう。もしそうなら、公演の間中、楽しく見ることができない。

アナベルは、倫子の気配りに感動した。席を替わる際に、隣席の人に声かけをするアメリカ人はいない。アナベルは自分の犯している罪を悔いることとは別に、見ず知らずの他人を思いやる倫子の人柄のすばらしさに心を打たれた。

案内嬢が次々と観客を案内し、空席が次第に埋まっていった。アナベルの向こう側も席が埋まり、隆はほっと胸を撫で下ろした。

ほぼ満員になったところで、公演は始まった。初めの演《だ》し物は、「義経千本桜」である。

登場人物が次々に出て来て、口上を述べる。アナベルはイヤホーンを耳に当て、英語の解説が流れる音声ガイド機を操作している。ちゃんと聞こえているか、解説の中味がちゃんと分かるか、隆は気にはなったが、声かけはできなかった。

次の「黒塚」は、照明が落ちて舞台が暗い場面からスタートした。照明が弱くなっているので、観客席もその分暗い。幕が下り、背景が変わった。薄《すすき》の野原に三日月がくっきりと出ている。寂しげな笛の音と、鼓の弱い音が、観客を静寂な闇夜に誘った。この演目は、有名な「安達原《あだちがはら》の鬼婆」伝説をモチーフにした舞踊劇だ。野原の中に佇む粗末な小屋が建っている。そこへ、一夜の宿を求めて、僧侶の祐慶一行がさしかかり、そこからいよいよ物語に入っていく。

場内は静まり返り、観客は目を凝らして舞台を見ている。外国の人が多い。イヤホーンを耳にしている人、していない人、異国の芸術は目の前にあり、それを理解しようと懸命である。

場内の真摯な態度に心を打たれながら、隆は鼓の音を気持ちよく聞いていた。調子を合わしていたら、隆の心に邪《よこしま》な考えが浮かんだ。肘掛けと肘掛けの間には、手が入るようになっている。そこにまず、手をブラリとまず垂らし、ゆっくりとアナベルの股に触った。妻の目を横目で注意しながら、手元の動きが見えないくらい照明が落ちると、指先を動かして、アナベルの股を押した。

アナベルは、足を組んでいる。ハイヒールに、隆は自分の足を触れるようにした。どこでもいい、アナベルに触りたい一心であった。踵や布にタッチするだけなのに、禁を犯して恋人に接している快感で、隆の全身はえもいわれぬくらい痺れていた。

幕間《まくあい》に、ほんのわずか、舞台も観客席も真っ暗になった時があった。隆は膝の上に置いてあるアナベルの手をぎゅっと握りしめた。アナベルも握り返してきた。暗闇で一刹那、二人の心にすごい衝撃が走った。次の幕間もそうすると、アナベルは待っていたというように、前よりも強く握り返してきた。予期せぬ出来事に、二人の心は一体感でいっぱいであった。

笑顔

あれから一週間が経ち、隆とアナベルが落ち合った時、二人の話題はあの日の出来事で持ち切りになった。

「奥さんが私の側に座った時、目が合って会釈してくれたの。何も知らないで、ニコッと笑ってくださったわ。私も釣られて会釈を返したけど、奥さんの笑顔、すばらしかったわ。

神々しかった。私がこれまで見た笑顔で一番美しかった」

「知らぬが仏の笑顔かな」

「それって、どういう意味なの？」

「何も知らないと、仏のような穏やかな顔になるということだね」

「こっちは知ってる。向こうは知らない。知ってるほうが負けよ。私、何も知らない奥様に圧倒されたわ。それに席を替わった時ね、どうして席を替わったか、私におっしゃったの。すばらしい気配りね。私、奥様の美しさにも圧倒されたが、お人柄にも圧倒された」

「真っ暗な中で、あなたが手を握り返してくれた時、僕の心は早鐘のように高鳴ったよ」

「私、奥様に圧倒されたうえに、すごく悪いことをしてるでしょう。それで、とても苦しかったわ。あなたが側に座った時、ホッとしたの。大勢の観客の中で、しかも、奥様がすぐ側にいながら、ああいうことをするんだもの。しかし、あなたの気持ち、とても嬉しかったわ」

「二つの演し物の中で、どっちがおもしろかった？」

「どっちもよかったけど、『黒塚』は特にすばらしかったわ」

歌舞伎を見に行く前、説明書を読んで隆の頭に入っている「黒塚」のストーリーは、山中で人を喰う老女を、僧が悔い改めさせようとするが、それができない話である。隆はアナベルと自分の関係にも似ていると思い、結びがハッピーエンドで終わらないことが、気になった。アナベルはどういう見方をしていたのだろうか。

「最後の場面の、老女の踊りがすばらしかったわ。老女には、善悪二つの面があるわね。悪を捨てきれず、善と悪が混同するなかで、踊り狂っていたでしょう。仏の教えで悟りの道に入れば、どんな罪人も成仏できるという僧の教えで、これまでの罪業《ざいごう》と絶望から解放されると知って、野原で喜びの舞を舞う。イヤホーンからは、そういう解説の声が聞こえていたわ。その説明であの踊りを見ていたら、鼓の音が私の心臓をぐいぐい叩き、私も老女と同じ気持ちになって、心の中で踊っていたの」

アナベルは、倫子と同席している緊張感の中で、しっかり舞台を観て理解していた。舞台の芸術に目を凝らし、それを着実に受け止め、しかも、感動が幕間に続いている時、隆が差し出した手を、強く握り返していたのだ。アナベルの話を聞きながら、こんなすばらしい女性を、今の境遇から、そして、あのジミーの手からどうしても救い出さねばならないと、隆はきゅっと唇を噛みしめた。

邪念

冬の寒さが少しずつ和らぎ、三月に入った。ワシントンは大分春めいてきた。四月には桜が咲き誇り、有名な桜祭りが行なわれる。パレードやいろいろな行事があり、全米から大勢の人が訪れる。

イースターになると、隆の大学は十日ほど春休みに入る。その休みを利用して三年前、隆は倫子とパリへ行った。その時の楽しい思い出は、夫婦の胸の中に大切に残っている。

今の隆には、夕食を食べながら、パリ旅行の一齣《こま》ひと齣を夫婦一緒に懐かしく語り合うという、夫としてのあるべき姿はない。アナベルと二人してパリへ行きたいという、邪《よこしま》な思いに駆られている。

アナベルとは単なる浮気ではなく、一緒に暮らしたいという気に隆はなっていた。でも、アナベルと暮らし、何を目指して生きるのか。ジミーの後釜になるのか。

隆は大学時代、一度は目指した目標があった。しかし、才能がないと諦めた作家への夢だ。だが、もう一度その夢に向かって挑戦したいという思いがあった。

あの時は、本腰を入れていなかった。今度こそ、雑誌の懸賞に死に物狂いで立ち向かってみよう。アナベルと一緒に暮らしたら、それができる。

隆にはそういう思いがあり、希望に燃えていた。それで、アナベルと会った時、パリ行きの話、そして、自分の心中を語ろうと思った。

アナベルを車に乗せ、自宅に向かった。車はメモリアル橋を渡ってから、ジョージ・ワシントン公園道路に入り、北上する。

右手にポトマック川を見ながら、突然、

「今月の終わりにイースターが来て、大学は春休みに入る。四、五日でもいいから、二人でパリへ行かないか」

と言った。アナベルはいきなり耳を疑うようなことを言われたので、驚いてすぐに返事ができない。

「とても素敵な話ね。でも、ジミーを説得しなくちゃいけない。あなたは奥さんにどう言うの」

「妻には内緒で、こっそり行く。置き手紙を置いて家を出る。失職してからずっと、神経がすごく参っているから、一人で一週間くらいのんびりと過ごしたい。元気になって帰るから、心配しないようにと。そう書くつもりだ」

「分かった。私はジミーの説得に努めるわ。すぐには返事ができないけど、次にはあなたと二人でパリに行くから、今回は大目に見てほしいと、説得してみる。それでダメなら、あの手この手を使って、なんとか『ウン』と言わせてみせる」

ニューヨーク行きの時も、アナベルはジミーを説得したのだから、パリ行きもうまくいくだろうと予想した。

「パリには創造力が満ち溢れている。ルーブルは美の殿堂だ。今は印象派美術館ができて、ルーブルからそこに移されている。モネには感動したな。天井よりも高い絵がいっぱいある。彼の創造意欲からは、百年前の彼のパッションが伝わってくるんだ」

「私、パリに行ったことがないの。行ってみたいわ」

アナベルの声も上擦っていた。

「どんより曇った日、今にも雨が降り出しそうなセーヌ川と対岸の景色、見ていて、わっと泣き出したくなるような憂愁があるんだ」

右手に流れるポトマック川からセーヌ川を思い出し、隆はパリの夢に酔いながらハンドルを握っていた。

「二年前に親父が死んだ時に、これからどう生きるのかといった問題を僕に与えてくれた。そういう時、あなたに巡り会った。僕には子供もいないし、絵や音楽や文学といった、自らが独自に創り出したものが何もない。何もなく死んでいくのかと思うと、やりきれなくてね」

「これからだわ。頑張ったらできるわ。私も応援するわ」

アナベルはそう言って、隆の膝の上に左手を置いた。

家に着き、セックスの時にもパリへの旅行ムードが続いた。

「絶対にパリに行こうね、アナベル」

「行きたいわ、隆、とても行きたい」

二人は、譫言《うわごと》のように言い合った。

それからアナベルはキッチンに行き、椅子に座り、たばこを吸った。隆は二階に上がり、書斎の机から金を出して、テーブルに置いてあるアナベルのハンドバッグの側にそれを置いた。

「お金なしでセックスする仲に早くなりたいね」

淡々とした口調で、隆は言った。別に咎めるような言い方ではなかった。

アナベルはうろたえなかった。隆の話を聞きながら、ハンドバッグの蓋を開け、中から手帳みたいなものを取り出した。

「預金通帳よ。あなたからもらったものは別にしてあるの。あなたと一緒に生活できたらという夢があるの」

アナベルが手渡してくれたので見てみると、相当の金が普通預金に入っていた。金と引き替えのセックスに対し、隆はいつもいやな感情を抱いていた。アナベルを好きになるほど、嫌な思いで金を払っていたが、彼女は金という現実と同時に、夢も膨らませていたのだ。

「ジミーは、どうするんだ」

「あなたとの生活が本決まりになったら、別れ話をするわ。なかなか認めてくれないと思うけど。私の貯めたお金の半分は渡そうと思うの」

隆はびっくりした。アナベルがあっさりと自分のものになる。あのジミーと別れて、自分を選んでくれた。あまりにも嬉しくて、戸惑ってしまった。アナベルのほうが物事をしっかり見極め、進むべき方向に向かって、着実に歩を進めている。

伴侶との別れに踏ん切りがつかないのは、むしろ隆のほうであった。困難な道を行くのに、突破口を開いてリードしているアナベルの心意気がありがたかった。

「イースターの休みになったら、パリに行こう。パリを二人の新しいスタートの原点にしよう。僕は妻と離婚し、あなたはジミーと別れる。いろいろ大変だが、どんな障害にあっても、挫《くじ》けずに二人で頑張り通す。この決意をバネに、パリでしっかりと生きよう」

アナベルの手を固く握りしめながら、隆は力強く言った。隆を見つめるアナベルの大きな目は、嬉し涙で潤んでいた。

アナベルはパスポートを持っているので、後はジミーの承諾を取ることだ。イースターになると、バケーションを取る人が多いから、早く切符を購入しないといけない。

五日後にアナベルから、ジミーがOKしたという電話をもらったので、隆はすぐさまアナベルを伴い、旅行会社へ行った。

格安の切符は売り切れていたが、通常料金のチケットはあるというので、すぐさま購入した。エールフランスの便で、三月二十七日の土曜日に出発し、四月二日の金曜日に帰る。ダレス空港を夕方の五時二十分に出発し、パリのドゴール空港には翌朝到着する。

空港までの所要時間、空港での荷物検査と出国手続を勘案し、アナベルのところへ三時に迎えに行くことにした。出発の日まで、後一週間である。

救済

いよいよ、明日が出発の日となった。決行を目前にして隆の心中は動揺していた。表面はいつもの日課を淡々とやった。夕食の時、倫子は仕事場の出来事をあれこれとしゃべった。隆は適当に相槌を打っていたが、視線が向きかけると、目が合う恐さからそれを避けた。

シャワーを浴び、居間で日本のミステリーもののビデオを見ていたら、倫子は途中で眠いと言って、先に寝室へ行った。隆はビデオを終わりまで見てから、ベッドに入った。

ライトを消し、隆は目を瞑《つむ》ったが、目が冴えて寝付かれない。隣りの倫子は鼾《いびき》をかき始めた。目覚まし時計の小さな音も神経に障るが、妻の鼾は平気である。

「今日もよく働いていたな」と思いながら、そのうちに自分もうとうとしてきて、いつしか眠ってしまう。

しかし、その夜の隆は、あまりにも気が立って眠れない。明日はアナベルとパリに行くというのに、倫子は何も知らずに眠っている。妻の信頼をいいことにして情事を続けてきたが、パリ行きはこれまでとは違う。隆は別の人生に踏み出すのだ。

自分はとうとう、越えてはならない一線を越えてしまう。倫子に落度があってそうするのではなく、アナベルとの愛の絆があまりにも強くなって、もう引き返せない。隆はそう思いたかった。しかし、頭ではそう納得しようとしても、隆の心は妻が向ける不知の刃の鋭さにたじろいでいた。

倫子との思い出が次々と蘇《よみがえ》った。どれもこれも懐かしいものであった。それをすべて振り捨てるのかと思うと、泣くに泣けない気持ちだった。

その苦しさから逃れるために、隆はアナベルのことを考えた。楽しかった逢瀬の数々が去来していく。その中で、車がメモリアル橋に差しかかった時、アナベルが発した「仏教とは、どういう教えか」という質問が出てきたのを思いだした。

その答えをアナベルにあげることはできなかったが、その時、隆の脳裏に新たな疑問が生じた。

車は動くが、橋と橋脚は動かない。車の動きと重さをしっかり支え、ただひたすら突っ立っているだけか。

この疑問は、たびたび隆の頭に浮かんでは消えていき、これという答えは出てこなかった。目が冴えている隆に、それに関連した次の疑問が出てきた。

奈良、京都にはたくさんの仏像、彫刻が存在する。それらすべて、モノであって、言葉を発しない。しかし、昔も今も参拝者が多い。物見遊山で行く人も多いが、信仰心のある人、心の悩みを持つ人の中には、仏様の声を聞くことができる。そういう耳を持った人がいる。彼らには、仏像や彫刻の言葉が聞こえるのではないか。

隆は、新たに出てきたその疑問と橋の疑問を結び付けてみた。新たに出てきた疑問は、橋の疑問の解決の手助けになりそうだと思い、解決の糸口を見出そうと懸命になったが、良い答えは出てこなかった。

もう八方塞がりだと思ったら、神経が和らいでいった。難問は難問だと、そういう納得の仕方をしていった。倫子の鼾の音を聞きながら、それが子守歌になり、隆は次第に睡魔に襲われていった。

五時くらいに目が覚めた。隆は、その前に夢を見た。眠る前に橋のことを考えたので、夢の中に橋が現れた。いつも通っているメモリアル橋みたいであるが、ぼんやりしている。橋の上で自分はハンドルを握っている。橋の上を走っているのは自分だけで、他に車はいない。

前方に、太くて頑丈なロープが、橋の左から右に結ばれている。車はスピードをあげて進んでいるので、ロープにぶつかると車は撥ね飛ばされて、横転する。

身の危険を感じて、車を止めようとブレーキペダルを踏むのだが、ブレーキが利かない。いつも聞き慣れている大きな音とともに、何かがロープを切断しようとしている。

あわや車がロープに衝突する寸前、ロープが切れて車は前進することができた。さっきまでの大きな音は消え、森の中で心地よく囀《さえず》る小鳥の声に変わっていた。

車の前方には薄い霧がかかり、人影がある。見ると、倫子が微笑みながら近づいてくる。

夢のお告げであった。隆は夢から覚めた。パリ行きの朝、隆が夢の中で聞いたロープを切る音は、倫子の鼾だった。パリ行きの事を倫子は露ほども知らないが、眠っている夫の脳裏を鼾でもって激しく揺さぶった。横に太く伸びている夫と愛人を結んだロープを、何かが切断してくれた。それは倫子の不知の力で、先端に着いた刃先が鋭い歯車になり、高らかに回転音を立てながら、縦横無尽に切断していった。

隆は快適な寝覚めをした。夢の中で聞いたロープを切る音が倫子の鼾だったことが分かり、橋と倫子は一体化し、自分に進むべき道をはっきり示してくれたことを実感した。すっきりした頭で分かったことは、自分の深層にある唯一の愛する対象は妻の倫子であり、他の誰でもないということであった。アナベルとの交際で生じた彼女への思いは、意識の上層にあった、流動的なものであった。

それが分かると、今度は今まで分からなかったことが新たに判明した。倫子が愛用している小さい敷き蒲団である。

倫子は夫婦で使うダブルサイズの敷き蒲団の上に、赤ちゃん用の小さい敷き蒲団を敷き、その上に寝ている。彼女の赤ちゃん時代のもので、嫁入りの時に持ってきていた。どういうわけか、枕も大人用の枕の上に、自分が小さい時に使っていた小さい枕を重ねて使っている。

寝巻きは、日本製の木綿の浴衣を着ている。母親が結婚の時に手縫いしてくれたもので、気に入って毎週洗濯し、生地がすり切れるくらいに薄くなっても、毎日愛用している。

隆は寝ながら首を動かし、妻を愛しく眺めた。しばらくじっと見つめてから起き上がり、あぐらをかいて、寝姿に見入った。

カーテンは閉めてあるので、夜明けの薄明かりはまだ入ってはこない。倫子は若白髪で、二週間に一度薄い黒に染める。隆はいつもそれを手伝っている。今度の週末はその予定なので、今は相当白髪のほうが目に付くはずだ。しかし、暗闇の中では、それが分からない。

隆は、妻の寝息に耳を傾けた。隆の耳にはそれが小さな蒲団の上に体を横たえている赤子の可愛らしい寝息になって聞こえている。日々の生活の疲れで眠っている妻の姿ではなく、遥か遠い昔に、これからどういう人生を送るかも知らず、世の中の醜さも知らず、すやすやと眠っている赤子の姿に見えた。

子供ができたらそれに寝かせようと、嫁入りの時に持ってきた子供用の蒲団に、その夢が果たせずに倫子は眠っている。清々しい目覚めをした隆の目は、それを憐憫を通り越した透き通ったガラスのような感情で見ていた。自分にとってかけがえのない大切なものを、時間を超えた純粋な存在として見ていた。

これまでは、妻の容姿に老醜に向かう中年女性の悲哀を感じた。しかし、それだけではなかったのだ。夜の暗闇の中で、倫子はいつも無邪気な赤子の姿で寝ていたのだ。倫子は隆を「パパ、パパ」と呼ぶ。子供もいないのにそういう甘えた言い方をするので、たまにはむっとする時がある。しかし、今の隆には、倫子が父親の側で心安らかに眠っている赤子のように見えていた。

この赤子をうち捨てて、パリには行けない。パリには創造の息吹きが漲《みなぎ》っており、それを心の拠り所として、今後の指針もはっきり立てられよう。アナベルとの間に、可愛い子供もできよう。しかし、倫子を捨ててしかそれが実現できないとしたら、自分にはそれはできない。隆には自分で創り出した、赤子を見守る父親の心の温かさが迸《ほとばし》っていた。

ふと、三人で見た「黒塚」のことを思い出した。仏の教えで悟りの道に入ればどんな罪人も成仏できるという僧侶の教えで、それまでの罪業と絶望から解放される、というあの話だ。アナベルとの不倫を続けた自分は、決して許されるべき存在ではない。でも、倫子という聖女のような女性によって救済されれば、もしかして成仏できるかもしれない。

改心

一夜にして決心が変わった自分の気持ちを、どうアナベルに説明したらいいのか。どんなに上手に説得しても、アナベルは承知しないで、泣きじゃくるに違いない。しかし、隆はアナベルに会ってはいけないと強く思った。今日は行けない、そしてパリ行きはできないと電話で伝え、後で、自分の今の気持ちを手紙で丁寧に書こうと思った。

倫子の小さな寝息は続いている。隆はあぐらをかいたままで、身を乗り出した。倫子がかけている軽い掛け布団を捲《めく》った。倫子の肩と腰に手を入れ、軽く抱くような恰好で、自分の顔を小さな胸に埋めた。

目を閉じて、倫子の胸の鼓動に耳を当てた。今しがた見た夢を思い出そうと努めた。橋が現われ、太いロープが横に伸び、それが音高く切れ、霧の中から倫子が姿を見せ、笑顔で近づいてくる。

夜明けの光が、カーテンの透き間から入ってきた。隆は倫子の胸から顔を上げ、正座した。小さな寝息は続いている。倫子の顔は仄《ほの》かな朝の光を浴び、不知の神々しい気高さで輝いていた。隆は深々と頭《こうべ》を垂れた。

その年の十二月に、アナベルから隆にクリスマスカードが来た。ジミーと二人、ニューオーリンズに帰り、ジミーは大工、アナベルは会社に勤めていることを伝えてきた。次の年、アナベルは女の子を出産した。

二年後に、倫子は高齢出産だが、男の子を無事出産した。三年後に、隆は大学で常勤になり、助教授になった。

隆は毎日、メモリアル橋を通る。たまに、ありし日のことを思い出す。そして、橋に「ありがとう」と心の中で呟く。

踏み石

新年の歌会は、佳境に入った。人々は雰囲気に慣れ、右大臣菅原道真《すがわらのみちざね》の紹介で、自作の歌を次々に披露している。

土師是徳《はじのこれのり》は小間使いを仰《おお》せつかりながら、末席で拝聴している。道真は公務で多忙を極めてはいたが、「菅家廊下」という学問所を主宰していた。土師是徳は、門下生の一人であった。門下生はあと二人招かれていた。是徳と同年の大江忠頼《おおえのただより》であり、もう一人は年長で妻帯者の藤原家幹《ふじわらのいえもと》である。門下生で参列の招きを受けることは、この上もない栄誉であった。

寝殿の大広間に集まった客人は、左右に分かれて対座した。座長の道真は奥の真ん中に座り、家族をみなに紹介してから、歌を発表させている。

是徳の胸中は歌どころではなかった。居並ぶ女御《にょご》や女官らは、正月の晴れ着で着飾り、そのあでやかさに圧倒された。中でもひときわ目立つうら若き麗人に目を奪われた。一目見て、はっとなるような佳人であった。きらびやかに着飾ってはいないが、むしろ小袿《こうちぎ》の略装をしているのが目を惹《ひ》く。つややかな黒髪に小ぶりの瓜実顔がしなやかに包まれ、目鼻立ちの美しさが、群を抜いていた。どこのどなたであろうか。

是徳は、道真がその麗人の家族の紹介をするのを今か今かと待った。何度もはぐらかされて、やっと目当ての番になった。

道真に名を呼ばれて立った父親は、治部省大輔《じぶしょうのたいふ》の藤原時久《ときひさ》であった。娘の名は、久姫《ひさひめ》と言った。四年間、豊後に国司《こくし》として出向き、去年の春に帰京した。任地先では妻を亡くしている。

なつかしく　桜を見つつ　吉野越え
あすは都と　つまに語りき

父親が感慨をこめて歌を朗詠している間、久姫は衆目を浴びているのを感じ、頬を赤らめ俯《うつむ》いていた。

それ以来、是徳の心には久姫の美しさが強く焼きついてしまった。勉強に身が入らなくなった。書物は繙《ひもと》くのだが、上の空で字を追うばかりである。これではいけないと身を引き締めようとするが、すぐさま久姫の面影に支配されてしまう。

久姫にはいつ会えるのか。来年の新年会には会えるとしても、それに列席させてもらうには、日頃勉学に勤《いそ》しみ、道真様の御眼鏡にかなわねばならない。こういう怠慢な心ではそれがかなわぬと自分を叱咤《しった》するが、これまでみたいに勉学に邁進することができなかった。

一月の暮れのある寒い夕方であった。是徳は思いがけなく久姫に菅原家の廊下で会った。道真の妻が風邪で寝込み、久姫は叔母の病気見舞いに来ていた。

久姫は伏し目がちに是徳に軽い会釈をした。是徳はうろたえた。どうしていいのか分からない。静かに過ぎ去っていく久姫の後ろ姿を呆然と見送った。

初めて、目と目が合った。無視はされず、会釈を自分にしてくれた。これまでは手の届かぬ存在であったが、会ってからは二人の距離が、ぐっと近くなったような気がする。是徳の思いは、ますます募《つの》った。もう寝ても覚めてもであった。

是徳は同僚や友人に、恋に焦がれる胸のうちを打ち明ける男ではなかった。背丈は低く、顔は貧相で、風采は上がらなかった。そういう男が稀代の美女に思いを寄せる。人に語れば、一笑に付されるだけだ。

捌口《はけぐち》がなくて、思いは日に日に鬱積した。たまらなくなって、恋文を書いた。生まれて初めての恋文である。これまで、淡い恋心は幾人かの女人に感じたことはあったが、胸に秘めているうち、いつしか消えていた。思いを文に綴《つづ》るということに慣れていないので、恋心をどううまく書き表していいか困ったが、心のうちをありのままに書いた。

久姫に今度会ったら手渡そうと、是徳は菅原家に行く時は、いつも書いた恋文を懐《ふところ》に忍ばせていた。二月のある学習会の時である。その冬は京都に悪い風邪が流行し、講師も咳込んで気分がすぐれぬこともあって、いつもより早く散会した。

門を右に出て、西洞院大路《にしのとういんおおじ》を歩いた。しばらく行くと、菅原家に向かう久姫に出会った。目礼をして過ぎ去ろうとする久姫に、是徳は懐から恋文を取り、しどろもどろで、

「読んでくだされませ」

と言った。たじろぐ久姫に、

「お願い申す」

と、無理に手紙を渡し、逃げるようにその場を立ち去った。

久姫は、その日、その後で菅原家の廊下でもう一つ恋文をもらった。大江忠頼からである。これまで久姫は幾多の公達《きんだち》から恋文をもらったが、それを手渡す男の仕種《しぐさ》には、にやけたところがあった。それに比べると、忠頼の挙措には、颯爽《さっそう》とした英姿があった。容姿

端麗で、それから漂う忠頼の気品の高さに、久姫の胸は高鳴った。

重ね着の中に二つの恋文を忍ばせて家に帰った久姫は自室に入り、それを読み始めた。まず、忠頼の文を手にした。屈託のない字で、思いがさらさらと述べてある。いつか都合のよい日にお会いしたいということが書いてあった。忠頼の恋文には、久姫の心を快くすぐる優雅な調べがあった。

次に、是徳の文を繙いた。くせのある右下がりの小さな字体であった。思いを切々と綴ってある。生まれて初めての恋文であるというが、そこには実直な態度があり、久姫の心に迫ってくるものがあった。是徳の手紙にもお会いしたいということが書いてあった。

二人とも、文章得業生《もんじょうとくごうしょう》を目指して頑張っているという。二人とも久姫を見初《みそ》めてからは勉強が手につかないことが述べられていた。向学心に燃えながら、自分のために悩んでいることを知ると、ほほえましく感じられた。

久姫には言い寄ってくる公達がいっぱいいたが、何かもの足りなかった。久姫には、叔父菅原道真のすばらしさが強く心にあった。道真は、十八歳で文章生、二十三歳で文章得業生、二十六歳で方略試及第と、幼少よりあった不世出の秀才の誉《ほまれ》どおりの道を邁進した。詩文に優れた上に、官吏としては栄達の道をまっしぐらに進んでいる道真に、久姫は男性の理想像を感じていた。基準がそこにあると、言い寄ってくる公達は、浮わついた言葉を並べる群小にしか見えなかった。

そこにくると、今度付け文をした二人には何かしら好感がもてた。叔父道真の門下生ということもあり、叔父みたいにはいかないにしろ、二人とも十九歳で文章生に合格という官吏としての好調なスタートを切っていた。特に、忠頼には憧憬する叔父の若き日の眉目秀麗ぶりを思わせるものがあった。

久姫の心のときめきは忠頼にあったが、是徳に対しても真摯な訴えを感じていた。満開の桜が忠頼だとすると、是徳にはすっかり葉が散った後の雑木林の向こうで、とぎれとぎれの雲に、やわらかな薄紫色の光を投げて沈んでいく秋の夕日のような憂いを感じた。

二人のうちのどちらを夫にするかの即断はできないが、二人に学問の研鑽を積んでもらい、成果を修めた者に一生を委ねてもいいと思った。久姫は二人に文を書き、従者をして、二人の勤めている役所に届けさせた。

四日後に二人に会いたいという文面であった。南北に広がる菅原家からほど遠くない所に神社があり、そこを待ち合わせの場所にした。忠頼に午《うま》の刻《こく》に会い、是徳には未《ひつじ》の刻に会うことにした。

久姫から手紙を受け取った是徳は欣喜雀躍した。自分みたいな者に、あの久姫が会ってくれるという。夢ではないかと、何度も手紙を摑《つか》んで繰り返し読んだ。もう心は上の空で、同僚が仕事のことで何か聞いても、耳に入らなかった。久姫に会う日が待ち遠しくて、一日が千秋の思いであった。

その日になった。是徳が神社に来てみると、久姫の姿は見えなかった。まずはともかく礼拝をせねばと、春日造りの本殿に手を合わせた。待ち合わせの場所は、境内にある踊り松である。本殿の前は広場になっており、火袋が六角になっている春日灯籠が東西南北に四つ置いてある。

踊り松は、西の灯籠の近くにあった。幹が人の背丈より上の方で次々と五つに分かれ、どれも見事な撓《たわ》み方をしていた。じっと見ていると踊っているように見える。参拝に来る人は、本殿を拝んでから、帰る前に、踊り松の美しさにしばし見惚れることが多かった。

神殿は林の中にあり、南の灯籠の後ろの方には、もう一つ松の木があった。これは、並の枝ぶりである。幹はまっすぐに伸びており、そこから四方に枝が分かれていた。人々は、その松に見向きもしない。

是徳はこの神社に来ると、踊り松の美しさにも見惚れるが、その後で並の松にも目を向けた。並は並なりに、人知れず生きている。風を受け、静かに揺れている並の松の動きに、是徳の心は何かしら和らぐのであった。

久姫に会うという気持ちでいっぱいで、是徳の目には、踊り松も並の松も眼中にはない。

しばらくして、久姫が現れた。

「お待たせして、申し訳ありません」

と、頭を下げる久姫に、是徳は恐縮して、

「われも、今来たところです」

と、どうにか言葉を合わせた。

これまで女人と逢引きをしたことがない是徳は、久姫にどう対峙していいか分からない。久姫をまともに見られなくて、俯《うつむ》いたまま眉を動かし何か言おうと努めている是徳に、久姫は先ず、真心のこもった文をもらった礼を言った。

「いやあ、恐れ入り申す」

と、額に手を当てて照れている是徳に、久姫は一方的に要件を伝えた。

久姫は先刻ここで忠頼に会ったことを伝えた。二人から心を打ち明けられて思案に暮れたが、こういうことはどうだろうかと話を持ち出した。官吏の任官試験は毎年秋にある。今年ではなく、来年の試験には文章得業生に合格してほしいという。その資格を取った者が久姫の意中の人になるという。二人とも不合格なら、二人とも失格し、二人めでたく合格すれば、そのうちのどちらかを久姫が選ぶという。

忠頼が久姫に恋文を送っていたとは寝耳に水であった。新年の歌会で、忠頼も久姫を見ている。これまで数多《あまた》の美女と浮名を流してきた忠頼に、久姫の美しさが目に留まらぬはずがない。これまで忠頼のことは不安の陰となって、不気味に脳裏をかすめることはあったが、恋仇となって現実に姿を現したことに、是徳はしたたかな打撃を受けた。

通常九月の初旬に試験があり、発表は一月《ひとつき》以内に受験者の家に書状で届く。だから、来年の十月の二十日にここで、忠頼には午の刻、是徳には未の刻に会いましょうという。

話し終わった久姫は、いとまを告げ立ち去った。ことの意外な展開に、是徳はこれという別れの言葉が見つからなかった。

三日後の朝、久姫は縁側に立って、外の雪景色に目を見張った。夜通し雪は降り、明け方には止んでいた。辺り一面銀世界に変わっている。庭には梅の並木がある。幾重にも伸びた細枝は、ふっくらと雪を乗せている。

風はない。自然は息を止めて、自らが造り出した造形の美しさを誇っている。久姫はその迫り方に、いつもとは違う樹木の気迫を感じていた。必死の動きがある。白で縁取られた幹や太枝の底は、黒色を艶やかに出し、真綿の上にふんわりと浮かぶ紅梅を、ひねり合って抱きしめ、力強く支えている。

久姫は、梅の香をこよなく愛した。梅は冬の寒さに耐え、いの一番に花を咲かせ、春の到来を告げる。庭の梅が満開になり、縁側からその風情に心を奪われていると、寒気の中に、何となし甘酸っぱい匂いがふわっと漂ってくる。それに誘われて庭に出る。梅の並木の下で、目を閉じて香りに酔う。快い気持ちと感傷的な気持ちが入り混じり、やるせない思いを肌いっぱいに感じる。

「おやっ、匂いが来ない」

いつもは縁側に立つと梅の香の匂いがふわっと押し寄せてくるが、今日はそれがない。ないことはないが、微かである。雪のせいなのか。

「梅の木の下でも、匂いはないのか」

梅の並木の下には踏み石がある。いつもそれを伝って歩き、梅の香をかぐ。庭に下りてみようと下を見ると、踏み石は雪にすっかり覆われていた。

梅の並木の中ほどの左手に、灯籠が置いてある。何か願を懸けたい時、久姫はそれに向かって手を合わせる。二人に神社で会ってから、気になることができた。二人のうちどちらかに一生を委ねてもいいと思ったが、どちらかというと心のときめきは、忠頼に対してある。心の傾きがはっきりしてきた。梅の香の甘酸っぱい匂いの中で、瞼に浮かぶのは忠頼の方である。

「忠頼様に勝ってもらいたい」

灯籠に目がいってからは、そこまで行って拝みたいという気になり、梅の香をかぎに行こうとした当初の目的を、久姫はすっかり忘れていた。

踏み石は見えないが、雪はそう深くはない。灯籠の所までどうにか行ける。行って手を合わせることはできるが、果たして願いが叶うかどうか。

全ては来年分かることだが、清らかな銀世界の中で、神託を授かることはできないだろうか。それは無理だと分かり、自分で占ってみようと久姫は思った。灯籠まで踏み石はいくつあるか。いつもは何の気なしに歩いているので、数えたことがない。灯籠に手を合わせる時、久姫は真横の踏み石の上に立つ。二人のうちのどちらかで最初の踏み石を踏み始め、交互に踏んでいく。最後の踏み石が夫となる人である。

久姫は雪下駄を履いた。初めの踏み石は誰にするか。久姫は初めを是徳にし、最後を忠頼に置いた。目測をし、そうなる予想を立てた。

久姫は、踏み石伝いに歩いていった。あと二、三歩で最後の踏み石になる。久姫の胸は早鐘のように高鳴った。一歩手前になった時、久姫は立ち竦《すく》んでしまった。怖いものを見るような目で、雪の下の踏み石を見つめた。最後の踏み石は是徳のものであったからである。

久姫は寂しい思いで灯籠の前に立った。手を合わせる前に、笠に積もった雪を手で払いのけた。気分の一新を願っていた。

「これは自分でやった占いだ。神託ではない」

と自分に言い聞かせ、神の加護は別にあるようにと、お祈りを繰り返した。


神社で久姫に会って以来、是徳は沈んだ毎日を送った。十九歳で文章生になった是徳の次の目標は文章得業生であった。それを二十四歳までに取れたらと思っていた。道真でさえ五年はかかっているが、一応目標を五年にした。目安をたててやり始めたら、とても五年では歯がたたぬということが分かった。是徳は今年二十三歳である。うまくいって文章得業生になるのは二十五歳くらいかなと目論《もくろ》んでいた。そこへ、久姫から至上命令を受けた。どうみても無理な話だ。

しばらくして、菅家廊下の学習会の日になった。行くのが億劫であった。忠頼とどう顔を合わせたらいいか、考えただけで気が引けた。恐る恐る講堂に入ると、忠頼はすでに来ている。学友と快活に話している。

講師が来る前の和気《わき》藹々《あいあい》とした学友達の会話に加わらないで、一人ぽつんと座っている是徳の姿が目に入ると、忠頼は、と明るく声をかけ、目くばせして廊下に誘った。

「いやあ、驚き申した。貴公も久姫殿に付け文をなさっていたか」

忠頼は照れながら、しかし堂々と是徳に話しかけた。どぎまぎしている是徳に、

「お互いに、しっかり頑張ろうではないか」

と言い放った。是徳は忠頼の男らしいさっぱりとした態度に、完全に気圧《けお》されてしまった。


風采の上がらぬ男が美女に付け文をしたと人前で恥をかかすことをせず、他の学友の聞こえない所で、二人だけの秘密を切り出す。忠頼は同じ歳であるが、自分より二ヵ月程遅生まれである。若輩の身でありながら、細かい気の配り方をして、しかも堂々たる態度をとる忠頼の度量の大きさと人間的な温かみに、是徳は今さらながら感服した。

是徳の父土師信隆《のぶたか》は、是徳が十五の時に他界した。是徳に兄弟はいないので、目下母のたきと二人住まいである。たきもどちらかというと口数は少ない。だから、夕食は寡黙同士でひっそりとしたものになる。それが終わると是徳は、自室に引き籠り、燭台の明かりで書を読む。

たきの目には、息子が普段と変わらぬ日課を繰り返しているように見える。しかし、是徳の心は荒《すさ》んでいた。久姫に対する思慕の念が日に日に高まり、物の怪に取り憑かれたようになっていた。本は開けはするが、目は空《うつ》ろに字を追っていた。こんなことではいけないと気を引き締めようとするが、それもつかのまで、思いはすでに他の方に移っていく。

泥沼に足を突っ込んで身動きのとれない自分に比べ、忠頼は快調に勉学に励んでいることであろう。貴公子ゆえに誘いも多く、たまには色事に現《うつつ》をぬかすこともあるが、いざとなった時の頭の切れ味は自分より数段も上である。その恐るべき忠頼が久姫を得んがために、学業に一心不乱になる。そう考えると、勝負に参加するのがいやになるのであった。正座がいつの間にか仰向けになり、それでも苦しくなってごろりと横になり、手枕で頭を支えるのである。

機会は与えられたが、久姫を射止めることはとてもむずかしい。もしかりに自分が受かったとしても、その時は自分よりも頭の良い忠頼が受かるのは当然である。その場合、花婿の資格は得るが、貴公子で気性のさっぱりした忠頼を久姫が夫として選ぶのは当たり前である。自分が久姫を射止めることができるのは、自分だけが試験に合格することだが、そういううまいことは殆どありえようもない。

役所で仕事をしている間はどうやら気が紛れるが、家に帰り、書を読む頃になると憂鬱な時間が続く。奈落の底を延々と徘徊する。七転八倒の毎日であった。

それでも、是徳は机にだけは向かった。書物だけは開けはした。頭は久姫のことでいっぱいでも、書物の世界に入っていこうとする努力だけは続けた。気が重く、なんべんもごろりと横になったが、またすぐ気を持ち直し、正座を試みた。

春先のある夜のことである。座っていると次第に夜の無言の寒気が膚を刺してくる。字を追っていても頭に入ってこないので、横になって目を閉じた。

闇の夜に、寒風が吹きすさぶ荒野の中を、当てもなく歩いているようであった。方向も定まらず、ただ足を動かしている。何のために歩いているのか。それは分からぬが、疲労困憊《こんぱい》の中で、思いだけは胸いっぱいにある。久姫を恋い求めている。

閉眼の中で、是徳がしかと見たのは、極度の打ちひしがれた己の姿である。あれが自分かと思うと情けなくてしようがなかったが、ふと心に過《よぎ》るものがあった。ああ、ああいう足掻《あがき》を自分はしているのかと。むなしい歩行ではあるが、久姫への思いだけはどうしても残っているのなら、それはそれでしようがないではないか。その思いは振り捨てず、それといっしょに歩いていかねばなるまい。どう頑張っても負けの勝負ではあるが、来年の秋の試験までは、荒野の独行をせねばなるまい。

気が一転した。頓悟《とんご》であった。これまでは負けの勝負ゆえに気が重かったが、今はその合点がついたので、気が軽くなった。やる気がむらむらと起こり、正座をして、目を凝らして読み出した。これまでどうしても頭に入ってこなかったのが、今は脳裏にすんなりと入ってくる。嬉しさのあまり、夜が更けるまで書を読み耽った。

それからというものは、忠頼に菅家廊下で会っても、これまでみたいに平気でものが言えた。久姫とのことがあってから、忠頼はこれまでと変わらない調子で是徳に話しかけてきたが、是徳はそうはいかなかった。あるべき姿をわきまえて、それをごく自然に挙措に移している卓抜した忠頼の人となりに、是徳は気圧されて、いじいじした態度になっていた。しかし、今はもう負けの合点がついている。馬の早駆けで、忠頼は先頭をきっている。自分ははるかに遅れている。向こうは向こう、こっちはこっちという気になっていた。

道真は学問所「菅家廊下」を主宰しているものの公務に忙しく、自ら門下生に教えることはなかった。しかし、気に入った漢詩ができると、門下生に披露し、質疑に答えていた。

増色増香別有心
微微雨脚過春林
地無破塊軽非重

花只添紅浅也深
如遇呉娃霑汗立
似看蜀錦濯江沈

色を増し　香を増す　別に心有り
微微たる雨脚の　春の林を過ぐる
地は塊を破かず　軽くして重きこと非《な》し
花はただ紅を添う　浅くしてまた深し
呉娃の汗に霑《うる》びて立てるに遇えらんが如し
蜀錦の江に濯《そそ》がれて沈める看《み》んが似《ごと》し

この詩の紹介があった時、門下生はみな恐れ多くありがたく師の朗読を聞いていたが、はてどういう詩境であるのか、ちんぷんかんぷんであった。師の意を汲み取れたのは忠頼だけであった。忠頼は数多の女人と色恋を交わしているので、情炎の世界の察知にかけては、他の追従を許さない。

「この場合、雨脚を恋人と受け取るのでしょうか」

忠頼は、目を輝かせて聞いた。

「そうだ。この詩の要はこの雨脚だ。これをそう捉えて、詩の姿が現れてくる」

上気した顔で忠頼を見つめながら、道真は満足そうに答えた。

今まで濃い霧がかかり、前方が見えなかったが、雨脚を恋人と置き換えてみると、それが次第に消えて、ぼんやりと前景が見え出してくる。

……花の林、降り注ぐ優しい雨、地面はそれをうっとりと受ける。恋人の愛の雨、それにしっとりと濡れた花の風情、それは汗に濡れて立っている異国の女のようであり、水の流れの中に沈んでいる美しい衣のようである……。

道真にぴったりと追従できるのは忠頼だけだ。是徳はいまさらのように、自分と忠頼の距離を感じた。

寂しい気持ちで家に帰り、夕食を済ませた。気は沈んでいたが、いつものように机に向かった。五月雨がしとしとと降っている。雨の音にじっと耳を傾けた。この雨が恋人になるのか。久姫のことが目に浮かんだ。雫の静かなリズムは、是徳の血の気を冷やしていった。久姫の側には忠頼が立っている。そうしかなるまいな。そう思いながら、書物の世界に入っていった。雨の音は消えていった。

ある休みの日であった。前日は夜遅くまで本を読んだので、朝は遅く起きた。外は小春日和であった。母のたきは、二、三日前から床に就いている。見舞いに行くと、近くに住んでいるみよが来ていて、たきが朝食を食べる世話をしていた。

「今度は、みよ殿にすっかりお世話になりました。お前からもしっかりお礼を言ってくだされ」

たきにそう言われ、顔を赤らめているみよに、是徳はそそくさと礼を言った。

みよの父斎藤実経《さねつね》は民部省に勤める役人で、是徳の父信隆とは幼な友達であった。両家の付き合いは、信隆の死後もずっと続いていた。みよはふっくらとした丸顔で、体はずんぐりとしている。器量はいい方ではないが、明るく気だてはやさしい。是徳にとって、みよは妹みたいな存在であった。

縁側で暖かい冬の日差しを浴びて読書をしていると、台所でたきの朝食の後片付けを終えたみよが、お茶とお菓子を持ってきた。是徳は改めて、心からみよに母親の礼を言った。予期せぬ言葉にみよは驚いたが、それは小春日和に包まれて、みよの胸に温かく伝わってきた。

年を越し、時節が移りゆくなかで、是徳は黙々と読書に専念した。九月の十日に試験があり、合否の通知は一月後にくる。是徳は淡々とした気持ちでそれを待った。学問の世界は究めようとすると、奥がますます深くなることがよく分かった。道は多岐に分かれ、未踏の地が次々と出てくる。己れの未熟さがよく分かる。だから、結果は気にはなったが、もうどうでもいいという気であった。

一月待っても音沙汰がない。是徳も少々気にはなった。是徳の勤める刑部省には菅家廊下の門下生が数人いる。殆どは文章生を目指していた。是徳よりも年少者が多く、血気盛んなので、発表の遅さに業を煮やしていた。とうとう痺《しびれ》を切らし、順番で毎日一人、朱雀門外神泉苑の西隣にある大学寮に代表を送ることにした。合否を逸早く知るためである。

十月十日、元気よく大学寮に向かった偵察員はしょんぼりと帰ってきた。自分の不合格を知ったからである。しかし、菅家廊下の門下生の合格者の一覧表を携えていた。土師是徳の名が、はっきりとそこにあった。文章生の合格者はかなりいたが、文章得業生は是徳一人であった。

忠頼の名はどこにもない。信じがたいことが起こった。同僚から次々と祝福の言葉を受けながら、是徳の胸のうちは久姫のことでいっぱいになった。勝利の栄冠を手にした喜びで、是徳の心は浮木の亀に会ったような気持ちだった。

夕方、たきは息子の帰りを今か今かと待ち侘びていた。先刻使者より書状をもらっている。合否の通知に違いないが、宛名が息子になっているので、開封がままならない。帰宅した是徳に、早速手渡した。是徳は中身を知っていたが、口にしなかった。快挙の報を待ち侘びている母親の気持ちがいじらしく、喜びをいっしょにしてやろうという気があった。是徳は自室に行って普段着に着替え、父の位牌が置いてある部屋に行くと、線香の匂いが漂っている。たきは逸早く亡き夫に、息子の吉報を知らせていた。ささやかながら、祝の膳がこしらえてあった。

いつもは、夕飯が済むとそそくさと勉強部屋に向かうが、その日は母親とくつろいで話をした。

「父上が果たせなかった夢を、お前は立派になしとげてくれた。父上もどんなにお喜びであろう」

たきは、夫の思い出話を次々と語った。そういうことになると、それはもう何遍も聞いたと腰を上げてしまう是徳だが、その日はじっくりと耳を傾けて聞いた。

「お前もそろそろ嫁ももらわねばのう」

これまでよく夕食の後で、その話を息子に持ち出した。十九歳の若さで文章生に合格してからは、秀才の折り紙がつき、官吏として将来の見込みがあるというので、かなり良い所からも話が入ってはいた。そのたびに、是徳は、「文章得業生になってから」と断わっていた。

「良い家の娘もいいが、本当はのう、みよみたいな気立てのいいこが一番じゃがのう。みよにもう少し器量があったらのう」

母親の本心を初めて聞いた。寝耳に水であった。是徳にとってみよは妹みたいな存在でしかない。みよについての意見を言うのを差し控え、

「もう遅いから寝よう」

と、そこを立った。


床に就いたが、目が冴えて眠れない。もうすぐ久姫に会える。しかも、勝負を堂々と勝ち抜いて会える。文章得業生になったからといって、妻になってくれるとは限らないが、最有力の候補者になっているにちがいない。久姫からどういう褒め言葉をもらうか、それに対して自分はどう答えるか、楽しい想像が次々と頭を駆け巡った。

是徳は床から抜け出した。踏み石伝いに庭に出てみた。庭は東に向いている。さきほど縁側から見た時は、疎林の向こうで大きな姿を見せかけた十日夜の月は、今は頭上で皎々《こうこう》と照っている。寝床で体が温まっているので、外気はひんやりとして心地よい。

草木は精気を帯びている。昼間縁側から見ると、樹々の中には葉が落ちて枯木のように

なっているのもある。そういう木ですら、今は月明かりの中で、黒々とたくましく胸を張っている。

初めて味わう夜の別天地であった。枝葉は青白い光の中で、気持ちよさそうに揺れている。それに見惚れながら、是徳もやさしい月の光を浴びた。

身も心も軽くなっていくようであった。月の美しい輝きの中で、是徳は久姫の優雅な姿を思い浮かべた。しかし、是徳の心の中は、いつもとはちがっていた。これまで張りつめていた我《が》が和らいでいくようであった。女人に対する我、勝負に対する我が体中で解《ほど》けていく。

我が薄らいでいる是徳の目には、月と久姫が次第に渾然一体となって映っていった。久姫は女人の久姫ではなく、天上に燦然と輝く月光であった。月は有難く享受するものであって、我が物にはできない。月の光の恩沢に感謝し、自然の草木と同じように、生息の喜びを持てばいいのではないか。

天上には、無数の星が輝いていた。大きい星、小さい星、それぞれが意味ありげに瞬《また》いている。黄泉《よみ》の国へ旅立たれた父上は、天上のどの星になられたか。

ありし日の父の面影が目に浮かぶ。親子三人で夕食の膳を囲む。珍味が少量の時、父親の所にだけそれが盛られ、自分にはない。それを目ざとく見つけた自分は箸を動かしながら、それが気になり、流し目を何度も送る。何かことありげに遅々と箸を動かしている息子を見て、その原因が分かり、妻と子に等分して与える。

「もったいのうございます」

とそれを返そうとする母に、

「おれだけ食べてはおいしくない」

とまた返す父。二人のやりとりを見て、せっかく舞いこんだ御馳走に箸をつけようか、つけまいか迷っていたら、

「是徳、早う食べんか」

という父のかけ声で、待ってましたと美食を口にしたことを懐かしく思い出した。

あの時はなんのことだか分からなかったが、父が他界してみて、父のやさしさ、そして、過ぎ去った我が家の幸福が胸に伝わってくる。天上の星となられた父上は、毎夜頭上で輝きながら、人知れず自分を見守ってくださっていたのではないか。

清夜の中で、是徳の心は澄みきっていた。部屋に戻ると、硯に水を入れた。いろいろ考えながら、ゆったりと墨を磨った。

神社で忠頼と是徳に至上命令を出した久姫は、それ以来他の公達から次々と恋文をも

らったが、とり合わなかった。父親も婿の話をあれこれ持ち出すが、適当にあしらった。その度に、忠頼と是徳のことが気になった。

試験の日より一ヵ月程たった頃から結果が気になり、聞き耳を立てたが、久姫の耳に入ってこなかった。二十日に神社に行けば結果は判明するが、それ以前にそれを知っておきたかった。

十七日に、久姫は菅原家に足を運んだ。門下生から大分合格者が出て、叔母は気をよくしていた。久姫は叔母に合格者の名前を聞いた。叔母がまず口にしたのは是徳の名前で、その健闘に、惜しみない礼賛を送った。文章得業生の合格は是徳一人であることが分かった。

久姫は、目の前が真っ暗になった。体を支えている心の棒をとり払われたような感じがした。忠頼にではなく、是徳に自分の一生を託すのかと思うと、身を切られる思いだった。

家路に向かう久姫の足どりは重かった。忠頼に対して懐いていた淡い夢が、音高く崩れていく。踏み石で占いをしたが、結果はそのとおりになった。神意を前もって知ろうとした自分が悪かった。あの日、ただ踏み石伝いに歩いていって、灯籠に手を合わせればよかった。不遜な態度に、天罰が下りたのだ。

久姫は、とり返しのつかない行為をしたことを心から悔やんだ。泣きたい気持ちに襲われながら、自分に与えられた現実には、苦しくても立ち向かわねばなるまいと思った。一途に勝負に打ち込んだ男には、それを労《ねぎら》う気持ちを持たねばなるまいと、重い足を引摺りながら自分に言い聞かせた。

是徳と久姫が踊り松の前で会う日が来た。通りから鳥居をくぐり、久姫は石段をゆっくりと上がっていった。来てみると、本殿の前には、誰も人影は見えない。境内には色とりどりの落ち葉が散乱していた。筧《かけい》から茅葺き屋根の手水場《ちょうずば》に流れる水の音が、森閑とした社の中で聞こえている。

行ってみると、落ち葉が二枚手水の中でかすかに揺れている。それに触らないように、そこにあった柄杓で水を掬おうとしたら、ゆっくりと引き上げたとたん、角が一つの落ち葉に触れ、一回転した。

神殿に向かい長々と祈りを捧げた。どういうことを是徳が言うか分からないが、自分はそれに従う覚悟はできているから、神仏も加護を与えてほしいというものであった。

しばらくしたら、久姫に近づいてくる男があった。見知らぬ男である。身構えていると、是徳の使いの者であると名乗り、文を携えていた。久姫にそれを手渡すと、すぐ立ち去った。

分厚い手紙である。久姫は読み始めた。冒頭で仕事の都合で来られない無礼を詫びていた。是徳の思いがありのままに書いてあった。

……いろいろな苦しみを乗り越えて頑張ったが、それができたのは、目を閉じると久姫殿のやさしい励ましの美しい姿があったからだ。これまでみめうるわしい女人より情けを受けたことがない自分にとっては、この上もない励みになった。

先日、合格の通知をもらった。その夜は満月で、その美しい光の中で、いろいろと考えた。これからの人生において、あなたを幸せにできるのは自分ではなくて、忠頼殿である。今度の試験で首尾はよくはなかったが、頭のめぐりは抜群で、自分の及ぶところではない。来年は、友人として忠頼殿を叱咤激励し、試験にかならず合格させるから、来年まで待ってほしい。

人の値打ちは、たった一度の試験では分からない。文章得業生が最終の試験ではなく、その上には方略試がある。自分が先に文章得業生になったからといって、もし来年忠頼殿が受かれば、次の方略試の試験は、難関であるがゆえに、早馬の駆け足で、かならずや忠頼殿が先着するにちがいない。

忠頼殿は貴公子で頭がいいだけでなく、気性がさっぱりしていて、心が温かい。久姫殿にわれも熱をあげていると知り、他の門下生に聞こえぬようにわれを廊下に呼んで、お互い頑張ろうではないかと呼びかけた忠頼殿の度量のすばらしさは、どこを捜してもない。人は神ではないので、万が一、忠頼殿が来年も落ちることがあるかもしれない。その時はその時、久姫殿に御相談申し上げる。

忠頼殿と久姫殿の組み合わせは天下一品であり、どうか二人で天下一の夫婦になってほしい。……

最後に、自分のことは心配しないようにと書いてあった。母の気に入ったみよという娘がおり、それを娶《めと》るつもりだという。お互いに幸せな家庭を作ろうではないかと結んであった。

是徳の手紙は、久姫の心に静かに深く浸透していった。これほどまでに自分のことを考えてくれていたのかと思うと、頭が下がる思いであった。ある期間を区切ってみると、人の生きている長さは同じであるが、厚みと深さはそれぞれ違う。久姫は、是徳の生き方の重みをずっしりと感じた。

覚悟の必要がなくなり拍子抜けがしていくなかで、何かしら侘しい気持ちに包まれた。是徳の手紙には、みよがどんな女性であるか書いてないが、すばらしい人であろうと想像した。是徳の愛を一身に受けるみよを羨ましく思った。

帰る前に、もう一度神殿に手を合わせた。何をどう拝んでいいか分からないが、敬虔《けいけん》な気持ちで頭を深く垂れた。そして、踏み石伝いに歩き始めた。森閑とした境内で、静かに落ち葉が散っている。久姫は、落ち葉に似たはかなさを我が身に感じた。

久姫の足どりは弱々しかった。強い追い風を受け、よろけそうになった。転ばぬようにと足をふんばった。風が強いなと思いながら、まだまだ続く踏み石を見ていたら、ふと頭に過《よぎ》るものがあった。他の幸せを祈り、是徳は歩行を助ける踏み石になったのだと思った。

追い風で、散在している落ち葉は、久姫の行く方向に流れていく。踏み石の上でも、揺れながら駆けていく。それを見ながら歩いていると、前方の踏み石で、風を受けても飛んでいかない落ち葉があった。そこまで歩いていく間に、それもどこかに転がっていくだろうと思い、歩調をゆるめて近づいていった。

もう数歩というところで、強い追い風があった。他の落ち葉は、束になって踏み石の上を旋回していくが、その落ち葉は葉先は揺れても、葉身は踏み石に釘付けになっていた。

近寄ってみたが、どうしてそうなっているのか分からない。屈《かが》んでその葉を取ろうとしたら、踏み石にへばりついている。引き抜くと、葉の裏の中心部に泥が付いていた。踏み石に小さな窪みがあり、そこの泥土が葉の動きを止めていた。

どす黒い色に変色したありきたりのもみじである。人に何遍も踏まれたので、大分縮れている。久姫は、そのもみじがたまらなくいとおしくなった。手水場に行き、水を汲んで、手で何遍も洗い、きれいに泥を落とした。懐紙でふきとり、早く乾くようにと、手で暖めた。

落ち葉を拾った所に、もう一度行った。そして、踏み石の窪みをじっと見つめた。もみじが乾いたら、是徳の文の中に挟もうと思った。

合格の通知をもらってから初めての学習日であった。是徳は菅原家に向かっていた。いつもは仕事の疲れと学問の重圧感で、足どりは重い。その日の是徳は、速足で歩いていた。忠頼に会い、胸中を伝えたい一心であった。

ゴム風船

引揚

親泊《おやどまり》孝一は、日本への帰国の飛行機に乗っていた。いつもの里帰りとは違い、引揚のための帰国だ。四十五年間アメリカで暮らし、行く時に結婚、以来、片時も離れず連れ添ってきた典子と一緒だ。

家はすぐに売れたが、買った相手に引き渡すまでの後片付けが大変だった。衣類や食器など、あらかたのものは典子の主導で整理がついたが、力仕事は孝一がした。全体に睨《にら》みをきかす妻の気遣いは思った以上に負担がかかり、神経を擦《す》り減らして、クタクタに疲れさせた。

食事の後から、機内は薄明かりになっている。孝一の膝《ひざ》を枕にして、典子は寝息を立てながら眠っている。それに釣られ、孝一も目を閉じ眠ろうとするが、気が立って、いつものようにはいかなかった。神経が冴《さ》え、いろんなことが目に浮かんだ。

孝一の追憶は、近い過去、遠い過去を往《い》ったり来たりしていた。淀みなく流れる思い出の中に、ゴム風船が現れてきた。

アメリカの住宅街を歩いていて、色とりどりのゴム風船が、郵便受けの箱に紐で結わえられているのを目にすることがある。その日、その家の誰かが誕生日なのだ。小学生の場合が多く、その日は学校の終了後、親しい友達を招待する。その時、どの家か分かるよう目印として、郵便箱にゴム風船を結わえる。

孝一は、朝の出勤時間が遅かった。通りすがりに、ゴム風船を目にすると、知らない家なのに、何かしら祝福を送りたい気になった。帰宅時間も遅い日が多く、夜の帷《とばり》にすっかり包まれた中で、ゴム風船だけが、風に靡《なび》いていることがあった。家の明かりは灯っているので、誕生日の祝いはまだ続いているのであろう。

誕生日の子は、どういう日を送ったんだろう。春や夏の暖かい時は、家庭内の楽しい雰囲気を想像し、明るい気持ちで通り過ぎるがひんやりとした秋の夜風の中では、自分にはこういう一家団欒《だんらん》の中で祝ってあげる子供がいないと、寂しい思いに陥《おちい》る時もあった。

孝一と典子の間には、子供がいない。別に天からの授かりを拒《こば》んだのではなく、自然にそうなったのだ。アメリカに長く住んで、子供ができなかったことは、寂しいことではあるが、孝一にとって、積年の悔しさは、もう一つあった。

言葉である。四十五年もアメリカにいて、英語が上達しなかった。話すだけではなく、新聞もスラスラ読めない。テレビでニュースを見ていても、すっきり頭に入ってこない。大統領の年頭教書は、年の始めに必ずあるのだが、よく分からず、しばらくして、日本のニュースを聞いて初めて、全容を摑《つか》むのである。

世の中を動かしている根幹は、言葉である。しかし、四十五年もアメリカに住んで、英語の習得ができなかったことは残念でならない。

日本の大相撲では、近年、外国人力士の活躍が目立つ。驚くのは、インタビューで話す彼らの日本語が上手なことだ。未知の世界に飛び込み、活躍するには、まず言葉を覚えることから始めなくてはならない。彼らはきっと、必死に日本語を覚え、相撲の技もがむしゃらに習得したのである。孝一は相撲が好きで、テレビでよく観戦をする。勝利した外国人力士がインタビューで、淀みなく日本語を話すのを耳にすると、感心もするが、自分の英語の未熟さを恥じることが多い。

閉じた瞳の中で、ゴム風船が芝生の上を、あっちに揺れ、こっちに揺れとしている。ゴロン、ゴロンと重々しく地面を転がるゴムまりの動きではない。軽々とした、弱々しいゴム風船の動きだった。四十五年もアメリカにいて、英語は身に付かなかった。どうにか生きてこられたが、アメリカの大地をどっしりと踏めずに、フワフワ浮いていたみたいだ。

こんなこととは露知らず、若かった孝一と典子は希望に燃えて、沖縄からアメリカに向かった。飛行機は、羽田空港から出発した。成田空港は、まだ出来ていなかった。親友夫婦の見送りを受けて搭乗したのは、当時売り出し中のジャンボ機であった。国内線とは違い、客席はいっぱいあったが、それなのに満席だった。二人は、中ほどの列に坐ったが、しばらくして、前方の何組かの人達に、乗客の視線が向けられた。新婚カップルであった。花束をもらい、乗客から盛んに拍手を浴びていた。奇麗に包装された記念品ももらったようだ。

「知っていたら、私達も新婚ですと言えばよかったわ」

孝一は、ギクッとした。典子は冗談でなく本当にそう思って、残念そうであった。

「そんなこと、できっこないよ」

自分達夫婦は、結婚して三年も経っている。孝一の発言は、普通の人間の考えであり、典子のそれは、常軌を逸した突飛なものであろう。しかし、孝一は遠い過去を思い出しながら、自分には典子のような強引な発想はない。あくまでも常識的で控えめなのだ。そんな押しの弱さが、ゴム風船の弱々しい、情けない生き方になったのかなと思った。

留学

二人の出会いは、沖縄である。孝一は東京にある私立大学を卒業し、銀行に勤めた。当時は普天間支店の外国為替課に在籍していた。典子は、大阪の国立大学で英文学を学び、商社に勤務していた。沖縄には、五月の連休を利用して、バケーションで来ていた。まだ本土への復帰前で、沖縄はドルを使っていた。典子は日本円をドルに替えるために来店した。窓口で典子に対応した孝一に、典子は近くにある普天間神宮のことを聞いた。これがきっかけで、典子が大阪に帰った後、二人は文通を始めた。

典子は、孝一より七歳年上で、三十を少し越えていた。結婚をしていて、夫とは別居中であった。浮気をした女性との間に子供ができたので、夫は離婚を希望していると典子から聞いた。

事情を知ると、孝一は典子のことを真剣に考えるようになり、離婚が成立したら沖縄に来るよう促した。文通の住所には、孝一の実家を使っていたが、家族がそっと読んでいる形跡があったので、手紙は銀行のほうに送るよう典子に頼んだ。

孝一の家族は、典子との交際に大反対であった。三歳年下の弟聡は、

「兄さんのことを思って反対してるんだ。みんなの気持ちが分からないのか」

と激しく非難し、仏壇の前で、孝一の顔を思いきり殴った。

それでも諦めない孝一に、父親の元正は、勘当を言い渡した。

家を追い出された孝一は、一人で暮らし始めたが、そこへ離婚を終えた典子が合流した。

那覇の郊外のホテルで結婚式を挙げたが、家族は誰も出席せず、銀行の仲間だけが祝ってくれた。

沖縄には、アメリカ国防総省が世界に配置した軍関係者の子女が通う大きなハイスクールがあった。そこで近々、日本語の科目が取り入れられることになり、教師を募集していることを知った典子はすぐに応募した。英語が堪能な典子が履歴書を送ると、面接の通知が来て採用された。応募者の中には、米国留学をした人も幾人かいたらしかったが、その中から抜擢された。

孝一への勘当は続いていたが、父親の姉秀子が、たまに訪ねて来てくれた。戦争で夫を亡くした秀子は、実家に戻り、親泊家の一員に戻った。孝一は小さい時から、秀子にとても可愛がられた。母親は、孝一が大学に入る時に他界したため、その後は秀子が子供達の面倒を見た。

孝一より六歳年下の妹純子は、沖縄の大学に入り英文科に在籍していた。戦前の沖縄には、師範学校を除いて大学などの高等教育機関はなかった。しかし一九四八年、米軍政府教育部は沖縄民政府に対してジュニアカレッジの設立を指令、一九五〇年に琉球大学が那覇市の首里城跡に置かれた。一九七二年五月十五日、沖縄の本土復帰が決まると、文部省に移管されて、沖縄唯一の国立大学となったのである。

純子は大学在学中にアメリカ留学（米留）の試験に合格した。当時、沖縄には米国留学の制度があり、アメリカ政府が二年間、修士課程の費用を提供していた。

孝一は、就職後、米留の試験を毎年受けていたが、合格できなかった。いつも五人程度選ばれたが、難関を突破してアメリカ留学を終えて帰ると、米留帰りと称されて箔がつく。沖縄の若者にとって憧れの的であった。

妹の米留合格は、孝一夫婦にアメリカ行きを促した。この先いくら頑張ってチャレンジしても、米留試験にいつ受かるか分からない。だから、どうしても行きたいなら、私費で行くしかない。

典子が勤めているハイスクールには、カウンセラーがいて、アメリカの大学の受け入れに通じていた。典子は彼女と交流を深め、いろいろアドバイスをもらい、それを参考にして、ワシントンDCにある大学院への入学手続きを開始した。

手続きは思いのほか円滑に進み、孝一はディグリー・ステューデント（学位を目指す学生）の資格をもらった。当時、日本からアメリカに行く学生は、行き当たりばったりのことが多く、ほとんどが学位取得を目的としないノン・ディグリーであった。彼らはまず、どこかの大学に入り、ある程度語学教育を受けてから、ディグリー・ステューデントに変わるケースが多かった。

孝一は銀行を辞めると、典子と二人ですぐにアメリカに行くことにした。妹がアメリカに着く前に行って、彼女を受け入れる用意もしなければならないからだ。短時日のうちにいろいろな準備を二人でこなすことになった。孝一がアメリカ留学の晴れの舞台を踏むことができたのは、陰でしっかり支えてくれた典子の存在が大きかった。彼女は周到な準備をしてくれた。

苦難

孝一は、ディグリー・ステューデントとして入学はしたものの、英語の力が不充分だった。そこで英語の教科を取りながら、科目の授業も受けることにした。専攻科目は、国際関係論に決めた。講義が始まると、なかなか授業についていけなかった。期末テストで筆記試験はなく、講義を基にいろいろな本を読んで期末にレポートを提出するのだが、それが科目ごとにあるので、英語力のない孝一には苦難の連続だった。

卒業するに当たっては、必要単位の取得が必要だが、その上に、卒業の包括的筆記試験をパスしなければならない。

孝一は英語の授業を受け、語学学習の機器が置いてある教室で、熱心に頑張ってはいるが、目立った伸びはなかった。一年経っても、さほど上達しなかった。少しずつ成長の兆《きざ》しがあれば、それを頼りにいっそう努力を重ねられるのだが、そういう手応えがなかった。

孝一は、昼休みにランチを食べながら、同期で入った外国人留学生と話をした。彼らの多くが順調に英語力を伸ばし、授業がよく分かるようになっているようだ。だから表情も明るかった。でも自分はどうすればいいのか、これという得策が見つからず、孝一は悶々と日々を送った。

精勤

ワシントンDCに来て半年くらい経った頃に、典子は仕事探しをスタートさせた。だが、すぐには見つからない。外国人がアメリカの会社で働くには、仕事用のビザが必要であり、典子にはそれがなかった。ここでは、ワーキング・ビザがないまま突き進んでも、面接になるとそのことが問題になり、不採用になる。典子は何遍も門前払いをくらった。

だが、障害に直面しても、典子はへこたれなかった。孝一の家では、財布の紐は典子が握っている。沖縄から持ってきた蓄えは日々減っていったが、典子はそれを孝一に見せなかった。孝一は勉強で頑張っており、自分は仕事でそれを支える。どうにかなるという強い気持ちを典子は持ち、窮状を一切漏らさなかった。

来る日も来る日も会社回りをしているうちに、とうとう門戸を開いてくれる会社が見つかった。アメリカ人の経営する旅行会社である。英語が良くでき、タイピングが上手なので採用された。面接の時に典子を気に入ってくれた社長のボブが、ワーキング・ビザのことでも便宜を計ってくれた。

そこまでボブを動かしたのは、履歴書に添付されていた推薦状である。典子が沖縄で教えていたハイスクールの校長が、典子はハイスクールでナンバーワンの教師であると書いてくれていた。ボブは面接の時、典子にそのとおりの力量を感じていた。

典子は仕事に精勤し、孝一を経済面でしっかり支えた。しかし、孝一の勉強は思うようにいかなかった。典子もそれを知っていたが、口を挟まなかった。そんなある時、大学で親睦のパーティーがあった。孝一と典子はそれに出席した。そこで二人は、橋本という日系二世の老教授に会った。教授は東アジアの国際関係が専門であった。

孝一は、国際関係の理論を専攻していたが、教授は東アジア地域の国際関係を教えていた。また同時に、教授は日本史も教えていた。教授の話を聞きながら二人は、理屈の勉強より、どこか特定の地域に絞った外交関係が良いのではないかと思った。帰宅すると夫婦でじっくり話し合い、方向転換することにした。

時たま、典子宛てに大阪の実家から小包が送られてくることがあった。たいていは懐かしい大阪の食べ物であったが、孝一は自分達が口にするのは二の次にして、橋本教授に渡すようにしていた。教授は元々、日本の食べ物を好んでいたので、差し入れに気を良くした。当時はまだ、スーパーに行っても日本の食べ物はほとんど手に入らなかった。孝一がおいしそうな物を持参すると笑みを浮かべ、会話も弾んだ。その効果もあって、勉強のことで良いアドバイスをくれた。

教授の指導のもと、日本を中心にした東アジアの国際関係について、孝一はレポートをいくつか仕上げた。やがて、卒業のための包括的筆記試験が行なわれた。その試験は、橋本教授とその下にいる准教授から出題された問題を、二時間かけて書き上げていくものであった。孝一はそれにパスし、卒業論文も仕上げた。三年半をかけて、ようやくマスターの称号を手にすることができた。

焦燥

マスターを取得したので、今度は就職である。典子はすでに仕事に必要な永住権を手にしていた。そのすぐ後に、孝一のほうも申請をスタートさせていたので、マスターの取得よりも前に永住権を手にしていた。アメリカで就職する法的な資格はすでに整っていた。問題は、孝一が取得した学位の内容であった。当時、東アジアの国際関係はさほど重視されておらず、せっかくの知識を生かせる職場はあまりなかった。そこで、日本で銀行に勤務していた経験を生かそうと思い、ワシントンDC界隈のいくつかの銀行に履歴書を送った。しかし、面接まではいくのだが、ことごとく不合格になった。

その理由は、孝一の英語力が足りなかったからだ。修士の学位はあるので、書類審査はパスするが、面接で不合格になるのである。担当者が早口で話す英語の質問についていけず、あがってしまう。いきおい、返事がしどろもどろになる。これでは仕事は無理だと決めつけられた。銀行以外の会社も当たってみたが、いずこも同様であった。

「日本へ帰ろうか」

来る日も来る日もしょげて帰る孝一を見て、初めは平静を装っていた典子が、たまりかねて弱音を吐いた。マスターは取ったが、英語の力がないことを知っていたので、孝一がアメリカで就職するのは難しいと思ったからだ。自分のほうはアメリカの職場でうまくいっているが、大切なのは、孝一の就職である。アメリカでうまくいかないのであれば、日本に帰らざるをえないと典子は思った。帰国して、孝一が就職すれば、自分は家事に専念してもいい。働くとしても、自分はいつでも就職できるという自信が典子にはあった。

「君の仕事はうまくいっているのだから、頑張ったほうがいい。ぼくにも必ず、仕事はあると思うから、もっと探してみるよ」

そうは言ったものの、次々と就職が不合格になっていく中で、孝一は気が滅入っていった。

夜もなかなか寝付けなかった。不合格の原因は英語である。アメリカに来て、伸ばすべき英語力が伸びないのである。安易な方法を取り、修士号を先に手にしたが、その前にもっと英語の力を付けるべきだった。そんな自分を恨めしく思った。

それではなぜ、安易な方法に走ったのだろうか。せっかくアメリカに来ても、英語の力が順調に伸びなかったからだ。確かに努力は足りなかったが、ただそれだけなのか。自分の不甲斐なさを悔やんではいたが、才能という点から見ても、乏しかったように思う。

寝苦しいある晩、孝一は閉じた目の中で、小さい頃のことを思い出していた。普天間からバスで十五分くらいの所に島袋という村があるが、そこにある教会に、弟の聡といっしょに英会話を習いに行った。

孝一の母正子は戦前、東京のミッション系の女学校に通っていた。日曜日には、帝大生もその学校の教会に礼拝に来たという。その帝大生達は、アメリカ人の牧師との触れ合いの中でナマの英語を学び、中には外交官になった人もいたらしい。そのせいもあって、母はよく、

「孝一も将来、外交官になるといいね」

と言っていた。いつも言われていると、いつの間にか孝一も影響を受けたようだ。だから、小さい時から英語を勉強してうまくなるのだ、という思いが強くなった。

教会の牧師さんは沖縄の人であるが、教会に来るアメリカ人に週一回、英会話教室の講師になってもらっていた。元正はそのことをどこからか聞きつけ、息子二人にも教えてほしいと頼み込んだ。

生徒はみな信者の子弟ばかりで、部外者は孝一と聡の二人だけであった。生徒は小学生と中学生だけで、全部で十五人くらいであった。

孝一と弟は毎週木曜日の夜、島袋にある教会に通ったが、上達しなかったので一年半ほどで辞めた。そうと決めたのは母正子である。二人には上達の兆しがないと判断したから

だろう。

孝一が中学の三年に上がった時、ふたクラスに分かれた。孝一は、クラスの中では勉強ができるほうだったので、級長を務めた。もうひとつのクラスに、奄美大島から転校してきた男の子がいた。彼も級長をしており、優秀だった。ある日、近くの米軍の部隊から軍楽隊が来て、運動場で行進をして見せた。

行進が終わると、軍楽隊の前に生徒が集められた。そこで、指揮者である隊長へのインタビューが行なわれたが、その時、通訳をしたのは、奄美大島から来た男の子だった。教師もできなかった通訳を、その子は見事にやってのけたのである。孝一は隊長と男の子のやり取りを聞きながら、アメリカ人の話す英語が皆目分からず、無力感を味わった。違う組ではあったが、孝一は男の子にライバル心を持っていた。今回そのライバルに、ノックアウトのパンチを受けたのである。島袋の英会話に通った効果は何もなかった。

東京にある私立の大学に通うようになった孝一は、法律を専攻した。教養課程では、英語の読解コースは必修であった。初めての日、孝一は教師から指名されて教科書を朗読した。他の生徒より、発音はよかった。教師にそれを褒められたので、その授業のある前日は、予習をしっかりやった。分からない単語は辞書で調べ、難しい構文は文法書で調べ、あれやこれやと模索し、どうにか訳文ができるようになった。

大学の友人のほとんどは、孝一に対して英語がよくできるというイメージを持っていた。だから、孝一のアメリカ留学は当然のことと受け止めた。

そして孝一のほうも、周囲が抱いているイメージに乗って、アメリカに渡ったのである。しかし、孝一のやり方はあくまでも日本流であって、単に「英語ができる」という虚像を作り上げただけであった。それとは気付かなかった孝一は、英語ができると過信して渡米した。それが思うようにいかなかったのである。アメリカでは、それなりの努力はしたつもりであったが、孝一の場合それが実らなかった。

孝一は、自分と英語の関わりについて、過去の出来事を振り返ってみた。確かに自分には、これという英語の才能はない。では、この難局をどう切り抜けるか。

いろいろ考えても方策が見つからないので、典子に聞いてみた。しかし、子供の頃とか、大学の時のことは話さなかった。言い訳をするのはみっともないし、そういう壁を作っては、典子が自由に自分の考えが言えないと思ったからだ。

「あなたはアメリカに来て、英語は頑張ったわ。決して怠けてはいなかった。確かに、英語は思うように伸びてないけど、もっと時間をかければ、伸びるかもしれない。そのために、大学で英語のコースを取り、英語の勉強を続けてもいいわ。経済的なサポートは、私がしっかりします。また、日本に帰って、仕事を見つけてもいいわ。マスターは取ったのだから、日本ではアメリカより仕事は探しやすいと思う。私もあなたについて行きます。そして、アメリカにいて、ゆっくり仕事を探してもいいと思うわ。焦ってはいけない。家計のことは心配しないで、とにかく気は大きく持って、仕事を探してもいいわ」

典子のアドバイスは、この方向へ、あの方法でやれという具体的なものではなかった。しかし、就職ができなくて滅入っている孝一に、どの方向に行くにせよ、気は大きく持って頑張ろうという気にさせてくれた。典子という健気《けなげ》な伴侶が、精神的な心の支えになっているのだと、孝一はしみじみと感じた。

採用

孝一は、どんな仕事でもいいから、とにかくアメリカで仕事を探してみようという気になった。学部は違うが大学の友人に、ビジネスでマスターを取り、証券会社に勤めている男がいた。南米から来た学生で、銀行でアルバイトをしていたことがあった。電話で話を聞くと、銀行には「プルーフ」という部署があり、就職がしやすいということであった。

日本ではさほど多くはないが、アメリカでは個人や会社は、ごく普通に小切手を銀行に入金することが多い。支店がいくつもある銀行では、入金された小切手はすべて本店に集められ、銀行全体として集計をするが、その仕事のことをプルーフ（proof：検算）と呼ぶのだと説明を受けた。

孝一は、友人がアルバイトをしていた銀行に電話をし、プルーフの部署の課長とアポイントを取った。そして、面談当日、日本から持ってきていたそろばんを持参した。本土でもそうであったが、沖縄の銀行ではそろばんを使って銀行全体の集計を行なっていた。計算機を使っているアメリカでは、そろばんはとても不思議でめずらしい計算機に見え、面談してくれる課長が興味を持つのではないか。孝一にはそんな狙いがあった。

プルーフのチーフは女性の課長で、そろばんに興味を持ち、どういうふうに計算をするのか孝一に尋ねた。孝一は紙に数字を書き、それらの数字の足し算を、そろばんを使ってやって見せた。課長の関心はそろばんのほうに行き、孝一の英語が下手なことは目立たなかった。これは後で分かったことだが、プルーフでは、就職したいという意欲があれば、ほとんどの応募者が採用された。課長の目には、そろばん持参の孝一をやる気充分と見、その場で採用が決まった。

家に先に帰った孝一は、夕食を作りながら典子の帰りを待った。夕食は、先に帰った者が作るようにしていた。

帰宅した典子は真っ先に尋ねた。

「面談のほう、どうだったの。うまくいきそう」

「受かったよ。その場ですぐに決まったんだ」

「えっ、本当。ラッキーだったわね」

「下っ端の仕事だけどね」

「仕事は仕事よ。本当によかったわ」

それは、典子の本心だった。仕事の質の上下を云々する前に、男性はとにかく仕事をしてもらいたいという希望があった。その理由は、自分の実家の弟のことと関係していた。典子が孝一の就職を喜んだのは、孝一がこれまで何遍も就職に失敗したので、ようやく決まった喜びもあったが、それ以上に大阪の実家にいる弟・純一のことが頭にあったからだ。

純一は孝一より二つ歳上であるが、就職もせずに家でブラブラしていた。大学は入ったものの学業に付いていけず、中退した。そして印刷所に就職したが、長続きしないで辞めた。それ以来、再び仕事を探す気配もなかった。純一は実家で老母と二人で暮らしていた。父親が残した財産を取り崩し、あとは年金を当てにしていた。弟の不甲斐なさを感じていただけに、典子にとって、孝一が何らかの仕事にありついたことが、嬉しかったのである。

孝一は次の日から、係長のメリーから、プルーフの仕事の手ほどきを受けた。この仕事の基本的なことは、個々の取引を専用の機械に打ち込み、顧客が記入した合計と合っているかを点検することであった。二、三枚の小切手の入金というのが、一般の顧客の入金であり、メリーからそのやさしい作業を何遍もやらされた。

それが終わると、次に会社の入金に移った。会社の入金となると、小切手の数が多くなる。プルーフのオペレーターが機械に打ち込んだ合計と、送られてきた会社の合計が合わない時は、どうして違いが生じたかの検証になる。原因はいろいろあるのだが、それを自分で探すようにメリーに言われた。時間をかけても分からない時は、メリーからアドバイスをもらった。

昼食は、仕事部屋の隣が大広間になっていて、そこで持参のランチを食べるのだという。銀行には飲み物とスナックの自動販売機が置いてあるだけなので、ほとんどが自前の昼食を持参していた。

昼食の時間になった。孝一は隅のほうの空いているテーブルに一人で座り、典子が作った弁当を食べようとした。そこに、プルーフの女性達が四人近寄ってきて、座ってもいいかと聞いた。孝一が承諾をすると、今まで座っていたテーブルから、それぞれのランチを孝一のテーブルに移した。みんなも家から、自分で作ったランチを持って来ていた。

みんなから、いろいろ質問を受けた。孝一自身のこと、妻のこと、日本のこと、どうしてアメリカに来たのか等々、次から次へと質問を受けた。質問の英語をしっかり聞き、ちゃんと答えようとした孝一は、相当に神経を遣った。そのせいで弁当が喉《のど》を通らなかった。それでも、孝一の下手な英語を、ウンウンと頷《うなず》きながら聞いているみんなの顔に、孝一は心温まるものを感じた。

家に帰ると、典子は先に帰っていて、食事の用意はできていた。いつもよりおかずが盛り沢山に用意され、孝一はその日の仕事場の話をしながら、もりもり食べた。昼食の時、みんなに囲まれ、四苦八苦しながら英語を頑張っている孝一の姿を思い浮かべ、典子は良い仕事場だと感じ、ニコニコしながら聞き入っていた。

孝一は、一両日でプルーフの大方のやり方は習得した。あとは、仕事の速さを体得していくことになった。そして、自分が機械に打ち込んだものの合計と、顧客の入金票が合わない時は、まず自分で違いの原因を見つける作業をした。入金の数が大量で、どうしても分からないものだけは、係長やベテランに助けてもらった。

プルーフの仕事は遅くにスタートするので、終了も遅い。他の部署はとっくに帰宅しているのに、自分達の部屋だけは、煌々と明かりがつき、絶え間なく機械が音を立てている。仕事の合間に、ふと窓の外に目をやると、すでに夜の帷《とばり》が広がっている。働ける場所にいる喜びと同時に、アメリカに来て、こんな仕事にしかありつけなかった情けなさが入り混じり、気乗りがしないことが多い。そんな時はただ惰性で、機械的に数字を打ち込んでいた。

孝一は仕事を終えて帰宅する時、ワシントンを取り巻く高速環状線に乗る。ラッシュの時間はすでに終わっているので、車の流れはスムーズである。だが、ある場所に来ると、いつもイライラする。そこはちょうど夕日が強く当たる場所で、日差しをまともに受けて運転することになる。

眩《まぶ》しい西日に対し、強い気持ちで堂々と立ち向かえなくなる。苦楽の入り混じった今の気持ちでは、苦のほうがまさり、ギラギラ燃えている西日の強さに気圧《けお》されてしまう。ハンドルを握ったまま、孝一の気持ちは一挙に萎《な》えてしまう。マスターは手にしたものの、せっかくアメリカに来たというのに英語が上達せず、そのせいでまともな仕事に就けない。仕事はたやすく覚えたものの、それゆえに、夕日の容赦ない陽射しは孝一の胸に強く突き刺さり、絶望感だけが増幅された。

失意で家に帰る日が続いた。夕食は典子と共にするが、会話は弾まない。しかし孝一は、典子に胸の内を語らなかった。寝苦しい日々が続いた。

寝不足のせいで、職場では集中力を欠き、機械に打ち込む数字をよく間違えた。どうにか仕事が終わり、帰宅の途につくが、運転をしながら睡魔に襲われ、一瞬目を閉じる時があった。命が危ないと、手で頬を叩いたり、手を抓《つね》ったりした。必死にハンドルを握っていると、どういうわけか、幼い頃のことが次々に思い出されていった。

＊

父元正は戦前の東京で私大に入り、卒業すると東京の中学校で国語の教師となった。空襲が激しくなると熊本に疎開し、戦後は東京に戻らず、沖縄に帰ってきた。だが、教師では食っていけないと考え、普天間で初めて店を開いた。扱うものは雑多で、食料品や日用雑貨が多い。戦後の食糧難、物不足の時代である。そのため、置けばなんでも売れる時代で、少しずつ軌道に乗り、やがて人を何人か雇えるまでになった。

普天間に次々と小売りの店ができ始めると、そこから品物の注文を取り、配達をした。いわゆる仲卸の仕事を始めたのである。

元正は、雇い人と自分の子とを身分的に分けることをしなかった。子供に店の手伝いをどんどんさせたのである。店では小売りも続けていたので、夕方、店に客が多くなる時、孝一は必ず手伝いをさせられた。

父はまた、小学生の孝一に朝の日課を命じた。タクアンを樽の中から取り出し、水道の水で洗って陳列場所に置くのである。孝一は、学校に行く前に、それをやるのが日課となった。

いつもは、難なくやってのけるというのに、小学校の卒業式の日、孝一はタクアンの洗い出しをしなかった。樽の前に来て、いやいや一、二本洗ったのだが、どうしても一樽全部を、やる気にならなかった。

その日、孝一は卒業生を代表して答辞を読むことになっていた。自分で原案を書き、担任の先生に直してもらい、家で何回も練習をした。

そういう特別に晴れがましい日に、恰好良いことをするのだから、タクアンなんか洗う気にならなかった。ぐずついている孝一を見て父は、

「いつもどおり、洗ってから行けよ」

と厳命した。しようがないからやろうとするが、どうも気が乗らない。

それを見て、母親や伯母が、

「今日は卒業式だから、もう行かないと。遅くなるから、孝一、今日はいいよ」

と助け舟を出した。それを聞いて、孝一は半泣きになりながら、親父の許しの声を待った。

「卒業式には、遅れて行ったらいい。毎日の日課がきちんとできないなら、答辞なんか読

まんでもいい」

父は頑として動かなかった。親父の言っている深い意味は分からなかったが、いつものようにタクアンを洗わないと卒業式には行けないので、孝一は泣きながら洗った。

また、こういうこともあった。中学になって初めての夏休みであった。朝早く起きて、小学校の運動場へ行った。そこで店の番頭さんから自転車に乗ることを習った。それは父の指示によるものであった。孝一は、自転車乗りに挑んだ。補助輪のない時代なので、乗っては転びの繰り返しの中でバランス感覚を身に付けるしかない。腕や足に傷ができたが、その痛みの中でバランス感覚が磨かれ、十日ほど経って、ようやく自転車に乗ることができた。

その夏休みは、あと十日くらい残っていた。そこで父が命じたのは、御用聞きの仕事だった。普天間に病院とか神社とか、普通の家より格式の高い家が十軒ほどあり、そこを自転車に乗って回る。朝のうちに、その日入り用なものはないかと聞き、後で番頭達に届けさせるのである。元正はあらかじめ電話で、これからは息子が御用聞きに伺い、注文を受けるからと先方に伝えてあったので、初めの日から滞《とどこお》りなく仕事することができた。

御用聞きをされるほうの家々も、孝一が御用聞きに行くと快く受け入れてくれ、これまでよりも幾分、余計に注文してくれた。孝一は自転車に乗ることを覚えた嬉しさもあって、朝の清々しいうちに、それに乗って仕事をするのが楽しかった。そのため、与えられた仕事に懸命に打ち込んだ。

沖縄のお盆は旧暦で行なわれるので、夏休みの間に巡ってくる。そのお盆には、トートーメー（仏壇）にお供えを置くし、親戚回りをする時にお供えを持っていくので、店のほうでは物がよく売れた。

お盆の時、元正が孝一に命じたのは、ウージ（砂糖きび）の叩き売りである。グーサンウージ（おじいさんの杖用のさとうきび）のためにと、人々はウージを買う。トートーメーの両側にそれを置くのである。御先祖はお年寄りであるから、お盆でこの世にいらっしゃる時、お帰りになる時、ウージの杖をお使いになるからである。お店の外側の一角に、ウージをたくさん置き、道行く人達に大声を張り上げ、叩き売りをするのである。普段より、値段は少し安くしていた。

「グーサンウージ、チャーヤイビーガ。

グーサンウージ、コウミソーレー。

ヤッサイビーンドウ」

（グーサンウージ、いかがですか。

グーサンウージ、買ってください。

安いですよ)

初めのうちは照れくさかったが、やっているうちに、お客がちらほら買っていくので、声にも調子が出てきた。孝一は道行く人達に向かって、力いっぱい声を張り上げた。

孝一は時たま、村々へ行って日用品の売り出しをした。三人体制で行くのだが、一人は運転、一人は品物の出し入れとセール、そして会計、残りの一人は放送とセールを行なう。

当時、村々へのバスは普及していなかったので、物を売りに来てくれるのは、彼らにとってもありがたいことであった。

孝一は、放送とセールを受け持った。お昼になって、弁当を食べることになった。店を出る時、賄《まかな》い係の女中が、三人に弁当を手渡してくれた。三人が弁当を開け、食べようとしたら、運転手と番頭が、弁当の匂いを嗅ぎ、腐りかけていると言い出した。運転手が孝一の弁当を嗅ぐと、こちらは何ともない。そして、

「僕達のと孝ちゃんのは、中味が違うんだ」

と恨めしそうに言った。孝一はそれを聞くと、自分の弁当を食べる気になれなかった。

「三人で分けて食べよう」

と孝一が言い、遠慮する二人に提案した。そして、二人が食べないなら自分も食べないと言い張り、二人に無理矢理食べさせた。

孝一は、そのことを帰ってから父に言い、抗議をした。元正は賄いの女中に注意したのか、二度とそういうことは起こらなかった。

孝一は帰宅の車の中で、子供の頃の思い出を、次から次へと追いかけ、ついつい懐かしい気持ちに浸《ひた》っていたが、ふと我に返った。そして現在の自分と見比べてみた。あの頃は父の厳しい躾《しつけ》に耐え、子供ながら懸命に生きていた。それに引き替え、今の自分のこのザマはどうだ。アメリカに来ても英語の力が伸びず、底辺の仕事にしかありつけない。しかも、やっと摑んだ仕事もありがたいとは思えず、身が入らない。

当初、子供の頃の追憶は、孝一を無念さの淵に深く沈ませていったが、あの頃のひたむきさと頑張りを思い出すことによって、次第に現状打破の自己激励に変わっていった。今は確かに苦しいが、今後どう耐え、頑張っていくか。銀行でのプルーフの仕事は、確かに底辺の仕事ではある。だが、子供の頃の自分は店の番頭達と一緒に、下っ端がするのと同じ仕事をやり、汗を流して頑張った。子供の頃にできたことが、大人になってできないはずはない。できないのは、教養が邪魔をしているからだ。だとすれば、この教養を捨て、今の仕事を頑張ればよい。

そういう風に考えた途端、なんだか身が軽くなったように感じた。今、自分に与えられた仕事がプルーフなら、子供の頃、番頭といっしょに懸命に働いたあの頑張りをすればいいのだ。

その閃《ひらめ》きは、次の閃きを呼び起こした。プルーフの仕事はしっかり頑張りながら、自分に今欠けている英語の力を伸ばしていけばいい。

現状の迷いに対処する生き方に手応えを感じた孝一は、帰宅途上の車の中で、自分に残っている若い血の飛沫《しぶき》を感じ、とにかく頑張らねばと自分に言い聞かせた。

閃き

子供の頃、苦しいことに出会うと、いつも歯を食いしばって頑張ってきた。そのことを思い出していると、孝一の瞼《まぶた》の中にゴム風船が現れた。そして、それはアメリカでよく見かけた郵便受けの箱にぶらさがっているゴム風船へと繋がっていった。空中に飛んで行かないよう、風船は紐で結わえてある。

それはなんだか、親子の関係に似ていると孝一は思った。ゴム風船は子供で紐は親である。二つが繋がっている限り、ゴム風船は空中に飛んで行かない。

孝一の瞼の中で、風に靡《なび》くゴム風船が気持ちよく揺れていた。

「ただいま」

帰りの車の中で、子供の頃を思い出し、気分が高まっていたが、典子には気付かれまいとした。できるだけ普段どおりの調子で声を出そうと、孝一は気を遣った。

「お帰りなさい」

声の調子が、いつもと同じなので、ほっとした。すぐに用意されている食卓に向かった。気持ちの高揚はまだ続いていたが、車の中で考えたことは典子に話そうとはしなかった。ただ、出された料理を黙々と食べた。

機嫌が良い時の孝一は、よくしゃべりながら、もりもり食べる。ところが、その日の孝一の食べ方は、いつもと違っていた。よく食べるのだが、軽快なおしゃべりがない。初めて見せる不思議な活気に驚いたが、典子はそのわけをあえて聞かなかった。聞かないことによって、かえってその喜びを共有することができると思った。

安穏

プルーフの仕事に対するネガティブな考えを改めた孝一は、仕事場には最初から良い印象を抱いていた。採用試験のあった日、課長のバニーの部屋に行く途中、仕事場を通った。その時、そこで働いている二、三人の女性と目が合った。仕事をしながら、孝一と目が合うと、彼女達は軽く会釈をしたり、黙礼してくれた。孝一を見て、面接に来たのだなと思い、歓迎の意を表してくれた。

採用が決まり、仕事を始めてみると、良い仕事場だと実感した。職場にはいろいろな人種がいたが、初めのうち膚の色が気になったぐらいで、次第に意識することはなくなった。違いは確かにあるが、それは表面的なもので、話したり、弁当を一緒に食べていると、人種の違いなどなくなってしまう。この人の人種はなどという質問を受けると、識別の意識が出てくるので、見分けができる。しかし、それがないと、人種の識別がなくなり、不思議と色彩のない世界に変わる。

仕事に対する意識の底には、仕事が遅くまであるのだから、終わり次第できるだけ早く家路に向かう、といった気持ちがある。そのため、仕事の速い、遅いの違いはあるが、それぞれの力に応じ、みんな懸命に働いていた。だからそこでは、人種の違いなど、完全に吹き飛んでしまう。

課長のバニーは白人の女性で、その下には二人の係長がいた。一人は白人女性のメリーで、もう一人は黒人男性のジミーである。係長の大きな役目は、仕事全体にスムーズな流れを作り、促進することである。あとのみんなは、自分の仕事に集中し、できるだけ多くの仕事をこなす。たくさん仕事をすればするほど、給料が上がるからだ。けれどそれには、個人の入金をたくさん扱うよりも、企業を扱うほうが有利だ。会社のものだと、一つの入金伝票に小切手がたくさん入っているので得なのである。だからどうやって分散させれば、みんなが納得できるよう、公平になるか、それが問題なのであった。

部屋の中には、横に広がった大きな棚が壁際にあり、上下二段に仕切られていた。各段にはそれぞれ十五の小ボックスがあるので、全体としては三十になる。

みんなは、小ボックスから取ってきたものを打ち終えると、次のものを取りにそこへ行く。行く前に棚を見ると、自分が取ろうとしている小ボックスに、打ちやすいものが入っているか、打ちにくいものが入っているか、ひと目で分かる。嫌なものがあれば、少し待つと誰かがそれを取り、自分は簡単で、たくさん打てるものにありつける。

それで、たばこなんかに火を点け、嫌なものは他の人に取らせ、やさしそうなものがあるボックスを見届けると、さっと立ち上がってそこへ向かう。正直者はバカを見るわけで、そういうチーリング（ノンビリ、ダラダラ）を許しておくと、職場は無秩序になる。

係長の仕事は、全員にフェアな仕事をさせ、要領良くやる者に警告をすることである。二人の係長は、しっかり見張りをし、自分だけうまくやろうとする者には、すぐさま忠告を与えた。仕事がその日の終盤に差しかかると、メリーもジミーもプルーフの機械を叩いた。叩きながら、棚にはしっかり目を向け、チーリングを見張った。しかし、忠告の仕方には人種の問題を一切入れない、フェアな精神があった。それがあるので、みんなは係長の忠告に従った。

孝一が仕事に慣れ、良い職場だと感じてからは、帰宅の時、西日の刺すようなきつさもやんわりと受け止めることができた。夕焼けが醸《かも》し出す雲の形と美しい色合いにチラッと目をやり、愛《め》でるゆとりが出てきた。

孝一は初めての給料をもらった。典子の半分くらいしかなかったが、アメリカに来て、初めて手にした給料である。これまでの家計は、すべて典子が稼いだ金で成り立っていた。それが日常のことになっていたので、親のありがた味が分からない子供のように、典子に対する感謝の気持ちが薄かった。少額ながら給料を手にして初めて、これまで典子が、黙々とやっていたことを実感したのである。

給料は、開設してある孝一の銀行口座に入金されていたが、明細書を典子に見せながら、

「あれだけ働いたのに、少ないね」と呟くと、

「そんなことないわ。すばらしいじゃない。本当によく頑張ったわね」

典子が感慨を込めて、しみじみとした口調で言うので、その思いは孝一に伝わった。職場で明細書を手にしてから、給料の少ないことにがっかりしていたが、典子の励ましの言葉は孝一に、頑張って働き、その対価を手にしたんだという喜びをしっかりと感じさせた。

「英語の力をつけ、もっと良い仕事を見つけるよ」

プルーフの仕事をしてから、そのことはずっと念頭にあったので、それを口にした。

「英語の力をつけるのは、とても良いことよ。でも、今の仕事をしっかりやることが、一番大切だと思うわ」

これは典子の考えであったが、孝一もそのとおりだと思った。今の仕事を頑張りながら、上を目指す。仕事のレベルの低さ、給料の少なさを嘆くのではなく、手にした今の仕事に打ち込みながら、さらなる上のステップを目指して英語の力をつけるのである。これから向かうべき方向が明らかになると、夕食がいつにも増して心楽しいものになった。

孝一の職場では、ベビーシャワーと呼ばれるお祝いの行事がある。仕事仲間の家で赤

ちゃんが生まれると、有志がプレゼントを持ち寄って、赤ん坊を祝福するのだ。ある時、近いうちにベビーシャワーがあることが分かったので典子に話すと、デパートに行って子供服を買おうということになった。

お祝いの品を持ち帰ると、包装は典子が丁寧にやった。折り紙で鶴を折ると、包装紙の上に貼った。二つの大きな鶴と、一つの小さい鶴である。親子を意味したものだった。置き方を考え、三角形に配置した。上に子鶴、下の二羽が親鶴であった。

これには前例があった。典子が勤める旅行社で、職場のみんなでプレゼントを持ち寄り、お互いに交換する会が開かれた。その時、典子が包装紙に折り紙を付けて持って行った。それが大好評だったので、今回もそのアイディアを借りたのである。

当日、カフェテリアで、ベビーシャワーが始まった。テーブルの上にプレゼントが並び、身重のジャスミンが包装紙を開け始めた。孝一のものを手にした時、開ける前に、

「あれ、何か付いている。三羽の鶴だから、きっと親子ね。これ、このまま持って帰ってボブに見せたいから、今は開けないでおくね。明日、みんなにどんなものをもらったか見せるわ」

と、ジャスミンが感動を口にした。みんなもそれが良いと言い、誰が鶴を折ったのかと孝一に訊いた。妻のアイディアだと言い、日本には「鶴は千年、亀は万年」という、めで

たい意味があるのだと付け加えた。その話にみんなが熱心に耳を傾け、すばらしいプレゼントに仕上げた典子を絶賛した。

それをきっかけに、職場で持ち寄りの会がある時は、趣旨に応じて、典子は様々の折り紙を折ってくれた。孝一が用意した物を包み終わると、その上からレイアウトを工夫しながら貼り付けるのである。受け取った本人はもちろん、居並ぶ同僚にいつも感動を与えた。

職場の同僚と打ち解け、楽しく仕事をしていたことを思い出し、孝一の胸は温かい思いで膨らんでいた。閉じた瞼の中で、大きなゴムまりがゆったりと、道の真ん中を転がりながら進む。道の両側には、はち切れそうに膨らんだいくつかのゴム風船が、ゴムまりに従うかのように、同じ方向に動いているのが見えた。

激昂

孝一の下手な英語でも、プルーフの仕事はやっていけた。仕事の内容が簡単なことも理由だが、職場には孝一の下手な英語を受け入れる、和《なご》やかな雰囲気があったことが大きい。

しかし孝一には、それに安住してはいけないという気持ちが、強くあった。少しでも英語力をつけようとする成長志向があるので、職場への往き帰りには、カーラジオでニュースだけを聞いた。

ラジオやテレビで聞いた重大ニュースは、その後で新聞を読んで確かめた。きちんと聞き取れていたのかチェックしながら紙面を読み、分からない単語は辞書で引いた。さらに、ビデオに撮っておいたニュースを繰り返し聞くようにした。このやり方で少しずつ力はついていったが、毎日コツコツやり続ける粘りがなかった。少し時間が経つと、やったり、やらなかったりを繰り返した。

そういう孝一に対し、典子は苦言を呈することはなかった。大切なことは、英語がうまくなり転職することではなく、今の仕事を全うすることである。現実主義者の典子はそう思っていた。それだけではなく、英語に対して口を挟むと、孝一の自尊心を傷付け、今頑張っている仕事に対して、やる気をなくすことにもなるという恐れを感じたからでもあった。典子は孝一の気持ちや性格を的確に把握していたと言えよう。

一方、孝一の気持ちはどうだろう。英語に対し、「たゆまぬ努力を続けていれば、いつかはきっと道は開かれる」という強い意志と、がむしゃらに前に突き進むという、不屈の精神に欠けていた。そして、これが一番問題なのだが、それができない自分が大嫌いであった。

それでも普段は問題ないが、気持ちが滅入っている時など、イライラした感情を抑えようとしても自制がきかない。そんな時は典子に対し、大声で怒鳴り散らすこともあった。

「そんな風にバカにするな」

「バカになんかしてません。そんなに威張らないで」

たいていの場合、孝一の罵詈《ばり》雑言から諍《いさか》いが始まり、次第にエスカレートしていった。一緒に暮らしていれば、ちょっとした意見のくい違いくらいは起きる。冷静に話し合えば、すぐに両方が納得できるはずだ。しかし、孝一の場合、なかなか冷静になれない。二言、三言、口論するうち、自分の主張を認めない相手に罵声を浴びせ、威嚇《いかく》し、うっぷんを晴らそうとした。

心が平静な時は、今の仕事も職場も不満はないが、心の奥底にはプルーフという単純作業に対するわだかまりがあるのは事実だ。孝一のうっぷんとは、情けない仕事にしか就けず、収入も典子のほうが遥かに上であるという事実に我慢ができないことだ。典子の仕事は、誰が見ても立派だし、張りのある仕事に本人も充実感をおぼえている。それに引き替え自分のほうは、誰にでもできる下っ端仕事だ。

孝一には英語の力がないという、どうしようもない現実に対しては、どんなに苦しくても、力を伸ばすしか方法がない。だが、その努力をしていないのだから、おのずと気分が不安定になり、わけの分からない言動になる。

アメリカで生活をしていくには、電話でクレームを入れたり、家庭内のものが故障すると、電話で相手とやり取りすることが多い。相手は早口でまくしたてるので、それと堂々と渡り合うには、しっかりした英語の力が必要である。その点、孝一は半人前の大人であった。

家では、電話でもめごとの交渉をする場合、すべて典子がやってくれた。相手の言い分をきちんと理解し、こちらの主張はしっかり言う。典子は職場で、毎日そういうことをやっているので、クレーム等の交渉はお手のものであった。

孝一の場合、話すことがしどろもどろであるだけでなく、聞くほうも、正確に聞き取れないことが多い。相手と交渉しながら、自分の会話のまずさが分かっているだけに、それが気になって、スムーズに会話を進めることができなかった。

そんなわけで、難易度の高いものは典子、低いものは孝一と、大まかな区分がいつの間にかできあがった。それでは、中間的なものは誰が応対するのかというと、それが曖昧なので、孝一は手を出さないことがある。

ある時、どうしても支払いが必要となったが、それを実行する前に、クレームを入れ、金額の訂正を了承させる必要が生じた。だが、孝一はそれを怠った。

「あら、これ、やってなかったの」

と、気が付いた典子が不満そうに言った。

「君がやると思っていた……」

孝一が口ごもってそう言うと、

「これくらいのこと、あなたやってよ」

こういう押し問答をしていると、孝一は感情の抑えが利かなくなる。

「英語がうまいからと言って、バカにするな」

「そんな言い方ないでしょ」

かくして口喧嘩が始まる。

口喧嘩で収まればよいほうで、孝一はそこいらにある物を投げつけることがある。さすがに典子に向かって投げるのではなく、壁に向かって投げるのだが、すぐには収まらない。居丈高に怒鳴った後は、すっきりするのではなく、逆に気分が昂《たかぶ》ってくるので、物を投げつけるのだ。それでも、手当たり次第に投げるのではなく、一瞬妙な理性が働き、わりあい安価な物から投げる。冷静さを取り戻したあと、このことを考え、孝一は複雑な気分になる。

口論がエスカレートし、孝一が物を投げ始めると、

「お願い、もう投げるのは止めて」

と典子はひと言言って、押し黙る。

孝一のほうは、相手が弱音を吐いたのだと思って勢いづき、すぐには投げるのを止めようとしない。すると、典子はもう勝手にしろとばかりに開き直り、沈黙を続ける。典子のそういう態度を見ているうちに、孝一の気の昂りは少しずつ収まっていく。

二人の無言は続くが、典子は孝一の投げた物の整理を始める。割れた物はごみ箱に入れ、壊された物の中で、修復できる物は、糊とかはさみを使って、直していく。その場に居たたまれなくなった孝一は、すごすごと別室に行くか、外の空気を吸いに家を出る。

しばらくしてから修羅場に戻ると、部屋はほとんど片付いていて、壊され、傷を負った物がいくつか、元の場所に置かれている。

無言のままではあるが、先ほどの争いの勝者は、明らかに典子である。じつにバカげたことをやったものだと、口には出さないが神妙な気持ちになって反省する。

どう考えても恥ずかしい、子供じみた蛮行である。しかし、嫌な思い出は、避けようとしても、意識の流れの中に現れてくる。醜態を晒《さら》した思い出とともに、閉じた瞼に浮かんだゴム風船は、あわれな恰好をしていた。膨らみのない、今にも萎《しぼ》みそうなゴム風船があちこちに散らばり、行き場を見失って途方に暮れているようだった。

蛮行

孝一が時折見せる蛮行は、父親ゆずりであった。元正は妻の正子に、しばしば大声でどなり散らした。殴ることはなかったが、よく物を投げた。孝一の小さい時のことなので、はっきり覚えてないが、原因は元正の浮気のせいであった。同居している元正の姉秀子と正子は、浮気のことで元正を非難した。自分が悪いことを棚に上げ、言い争いが始まるが、元正が物を投げつけ、「出て行け」と怒鳴ると、そのひと言で、みんな家を出る。数軒先の知り合いの家に駆け込むのだが、そんなに長居はできないので、しばらく経つと、その日のうちに家に帰った。そういうことが繰り返されたので、孝一の記憶に残っていたのだ。

終戦直後、人々がまだ農場で細々と暮らしていた頃、元正は普天間で真っ先に店を始めた。だが、店を開いたのはよいが、売る物がなくて、何をどう仕入れたらよいのかが問題であった。

普天間から西へ少し行った小高い場所に、野嵩《のだけ》という村があり、そこに飴を作っている所があった。孝一は一度か二度、お使いに行き、そこで飴をもらったことがある。その家は二間に分かれていて、左側は飴屋、右側には別の人が住んでいた。どうも、そこに元正の浮気の相手がいたみたいである。元正は飴を仕入れに行き、隣に女がいたので懇《ねんご》ろになったのかもしれない。

元正の姉から、飴をもらいに行ったらそこにしばらくいて、その間に父が来るかどうかを見てこいと言われた。家に同居している秀子は策士なので、何らかの魂胆があって、孝一を飴屋に行かせたようである。

父の法要の時、孝一は弟妹から父の浮気相手の女について、孝一が知らない話を聞かされた。彼女は父と別れ、南米に移住したという。そして、彼女には孝一の妹と同い年の女の子がいたという。孝一は一連の話を聞きながら、父の浮気の始末は伯母の秀子がつけたと思った。

元正の浮気の話が話題に出ても、孝一は自分の記憶を口に出さなかった。みんなの話を聞きながら、その話を思い出した。ある日、父に連れられ、那覇へ行ったことがあった。おそらく、店の商品の仕入れか何かであろう。途中、なぜか映画館に入った。ところが大入り満員なので、後ろで立って見ていると、父が、

「そこにじっとして、見ていなさい。お父さんは用事で外に行ってくるから」

と言って、しばらく映画館を離れた。現代とは違う、古い時代の服を着た人達が出ていた。当時は何を見ているか分からなかったが、大人になって推測すると、黒澤明監督の

「羅生門」だったように思う。

その映画館は、沖映という名前であった。しばらくの間、元正がそこを離れたのは、ひょっとして、浮気の女に会いに行ったのではないか。父は浮気のことで、家族と諍いを起こした。そこで一計を案じ、その女と別れると言って家人を騙したのではないか。浮気相手の女を、野嵩から映画館の近くに移したのではないか。店の仕入れのためだと言えば、堂々と那覇に行ける。

孝一は幼い頃から、自分の父は浮気をし、悪いことをしている、といったイメージをずっと抱いてきた。元正はそれを気にし、少しでも打ち消そうと孝一に、

「山ニン縁《フチ》ニン　ワラベー産メエー」

（山にも縁にも子供を産め）

という言葉を口にした。どんどん浮気をしてもいいから、子供はしっかり作れという意味である。正妻だけでなく、浮気の女にも子供を産ませた元正は、それを実行したと言える。

孝一は、二人で喧嘩する時、よく物を投げたが、無意識に父親の真似をしているのだと思った。しかし、浮気をして子供を作るということは、しなかった。孝一には、そんな甲斐性がなかったのである。それよりも、自分を支えるのに精いっぱいであった。アメリカ

という英語圏の国で、英語というツールを自由に駆使できなかった。英語力をあまり必要としない仕事に就き、妻が主導する家庭で、かろうじて生計の一端を担っているにすぎなかった。

父親がよく口にした「山ニン縁ニン……」は、子供の頃には、不道徳極まる、バカバカしい言い種《ぐさ》だとはね除《の》けていた。しかし、アメリカに半世紀近く住み、日本へ引き揚げ、そこで晩年を送ろうとする時、一番大切なものがないという空しさを感じていた。不道徳ではあるが、複数の子供を作った父の存在は、どっしりと重く、大きい。それができない自分は、じつにちっぽけな存在に思われた。

時たま、夫婦間に波風が立つことはあっても、それで二人の関係が崩れることはなかった。孝一はすっかり仕事に慣れ、典子のほうも相変わらず順調に仕事をこなしていた。典子は大阪の実家によく手紙を認《したた》めたが、沖縄の孝一の実家にも、折々便りを送った。孝一がマスターを取得し、銀行に就職したというので、沖縄にいる家族は安堵し、勘当を言い渡した元正を除き、ほかの親族から、手紙が届くようになった。

こうした時期を見計って、孝一夫婦は一時帰国をした。典子の実家がある大阪と、孝一の故郷である沖縄を訪れた。初めに寄った大阪で歓迎を受け、沖縄でも同様、喜んで迎え入れてくれた。元正は相変わらず、威厳を繕《つくろ》っていたが、親戚みんなが集まって行なわれた歓迎の宴では、御馳走に舌鼓を打ち、にこにこしながら談笑の輪に加わると、自ら会話の中へ入っていった。

疑問

孝一がプルーフの仕事を始めてから二年ほど経って、夫婦は家を購入した。築十年の中古で小さい家だが、スプリット造りという方法で、中二階と半地下もある機能的な造りだ。所在地はワシントンDCに隣接するメリーランド州であるが、市街地から大分離れていて、のどかな所であった。二人の勤め先には遠かったが、初めて家を構えた喜びがあった。

家の前と後ろに小さい庭があるので、季節の花を植えた。アメリカの土壌は肥えているので、少しの手入れで、草花はきれいに生育する。わけてもチューリップは、春になると見事な出来映えを見せた。家の庭土と相性がいいらしい。

家は住宅街の一角にあった。近所の人々はよく散歩を楽しむので、孝一達の庭の前を通る。色取り取りのチューリップが満開になると、立ち止まって、「ベリー・ビューティフル」などと言って誉めてくれる。

アメリカ人の多くは、知らない人にもよく声をかけるし、なかなか褒め上手でもある。

孝一達も「サンキュウ」と言って返事をするが、そんなことが続くと、自分達が見て楽しむだけでなく、みんなにもっと喜んでもらおうと、庭の手入れに精を出した。

芝生の手入れは、孝一が受け持った。芝刈り機を使って刈るのだが、庭が小さいので短時間でできる。そのせいもあって、ゆっくりと仕上げた。家は木々に囲まれているので、しば鳥のさえずりがよく聞こえる。また、枝から枝へ動き回るりすもたくさんいるので、しばしの間、見て楽しむ。

雲一つない晴天の日、遥か上空に飛行機が飛んで来るのを目にする。いつも決まった方向へ、数分おきに飛んで来るが、すべて中西部方面からワシントンDCにあるナショナル空港に向かう民間機である。家の上空あたりに来ると、着陸態勢に入り、一万メートル上空から、七千メートルくらいに高度を下げる。ポトマック川の流れに沿って飛行するので、自分の家の上空を飛んでいるのに、爆音は聞こえない。

雲一つない上空を、飛行機が音も立てずに、ゆっくりと進む。それを見るたびに、孝一には頭を過《よぎ》るものがあった。沖縄にある普天間飛行場の光景だ。そこでは米軍の飛行機が絶えず離着陸を繰り返し、普天間市街の上空をものすごい爆音を立てて飛行する。孝一の実家は、その普天間の市街地にある。家の上空を飛行機が通過する時、耳をつんざくような音に見舞われる。あまりにも大きいので、今にも家が押し潰されそうな気になる。

普天間のことが頭を過《よぎ》ると、ここアメリカで目に映るのどかな光景にうっとりしている自分に気付き、すまない気持ちになる。普天間の飛行場は早くどこかに移転してもらわないと、あまりにもすさまじい爆音で市民もおちおち寝ていられない。それ以上に心配なのは、事故が起こる危険性がとても高いことだ。そう思うと、自分が沖縄育ちだけにいっそう、遠くにいながら、ただ単に願うだけでいいのか疑問に感じる。そう思った途端、孝一は音もなく上空を通過する飛行機に違和感を持ち、何かしなければならないと強く思った。

畏敬

孝一の実家とは、手紙を通じて順調に交流が進んだ。一方、大阪のほうは、典子の母親の体調が悪く、入退院を繰り返していた。そんな理由もあって、典子は孝一と共によく大阪を訪れ、母を見舞った。帰る途中、ついでに沖縄を訪れる機会も多かったが、急な訪問でも親戚がみな集まり、歓迎の宴を催してくれた。これこそが、人を思いやり、訪れる人を歓待するウチナンチュの気質だと、孝一はいつも感じていた。

交際が回復し、活発になると、これまで便りを寄せたことのない父からも、手紙が届くようになった。ある日、父親からの手紙を開いてみると、アメリカに行ってみたいと書かれていた。そのうえ、希望する滞在日程までも記されており、これには驚かされた。だが、困ったことに、その予定だと典子の仕事が忙しい時と重なってしまう。

「この日程、変えてもらえないかしら」

典子は戸惑いの表情を浮かべながら孝一に言った。

元正と後妻の間には、男の子が生まれ、すでに小学校の六年生になっていた。一緒に来るとなると、夏休みでないとムリだが、どうやら入ってすぐに来米し、十日ほど滞在したいという。だが、典子の仕事は変更が利かないので、孝一に元正一行のスケジュールを調整してくれないか、手紙を書いてほしいと頼んだ。

しかし孝一は、父親からの手紙に小躍りして喜んでいた。ようやく勘当が解け、親子の関係は修復されたのである。しかも父にしては文面が低姿勢で、嫁に対する気遣いも記されていた。

「せっかく予定を組んで相談してくれたのだから、どうにか都合をつけて、向こうの言い分を聞いてはくれまいか」

「それは絶対できないわ。だってバケーションの真っ最中なのよ。会社はかき入れ時で、最高に忙しいの」

どうしても、自分の主張を通そうとする典子の態度に、孝一の感情は昂ぶっていった。

「亡くなった母は、不意にお客が訪ねてきてもきちんと持てなした。父が連れて来た客に、愚痴ひとつこぼさず、接待に努めたんだ」

「それはとても偉いと思うわ。でも、お父さんのいらっしゃるその頃は、旅行社は　番忙しい時期なの。休みを取るのは、どうしても無理よ」

「休みは取らなくていい。面倒は僕がみるから」

「そうもいかないわ。私だってお世話したいから。八月の終わり頃に伸ばしてもらってよ」

自分の主張を通そうと、懸命になっている典子を見て、孝一は段々と理性を失っていった。

二人はその時、地下室で話し合っていた。ワシントン周辺は夏が来るのが早い。六月には真夏となるが、できるだけクーラーは使わない方針なので、地下室で用事をする。そこには仏壇をしつらえ、片隅に机を置き、その上に孝一の亡き母の着物姿の写真を飾ってある。

写真の左のほうに小さな紙が入れてあり、元正の手による琉歌が書かれていた。それは、普天間にある孝一の実家に行った時にもらったものだ。元正が毛筆で書いて掛け軸に表装したものを小筆で書き写し、それを持ち帰って母の写真立てに挿み入れた。

「百合はあまくまに見ゆる花やしが
無蔵の命果てに褒めて咲ちゅる」
(百合はあちこちで見られる花だが、
愛しいあなたの死去の時に、褒めて咲いているよ)
孝一は何を思ったか、母の遺影を取ると高く持ち上げ、机の縁にぶつけて叩き割った。
「こんなもの、こんなもの」
と言いながら、二度もぶつけて写真を粉々にした。割った後、孝一はこう怒鳴った。
「お前の言い分は、母のやり方の否定だ。その誤りを言葉でなく、行動で見せたんだ」
もう、無茶苦茶である。典子は言い争いをせず、黙り続けた。大切な写真をめちゃめちゃにされ、内心ひやっとしたが、それを曖《おくび》にも出さなかった。この局面をどう乗り切るか。言葉の言い争いでなく、大切な写真をどうするか、それが問題である。典子のクールな頭脳は、フル回転していた。典子は沈黙のうちに、どうしたら写真の修復が可能か、それだけに神経を集中した。
典子はまず、床に散らばっている大きなガラスの破片を手で拾い始めた。次に掃除機で小さい破片を、時間をかけて丁寧に吸い上げ、その後で細片が残っていないか、手で確かめた。

掃除が終わると、バラバラになった写真の断片を集め、元の姿に近づけようと、丁寧に糊付けをしていった。典子は糸かがりが上手で、孝一の綻《ほころ》びのある下着を見つけると、いつもきれいにかがって見事に修繕した。だから、粉々になった遺影の修復など、日常の手仕事の応用であり、造作ないことであった。実際、あっという間に修復が終わり、元どおりになった。

修羅場の中でも冷静に、黙々と写真の修復を進める典子に、孝一は圧倒された。その場に居たたまれなくなった孝一は、何も言わず二階に上がり、沖縄へ送る手紙を書き始めた。

ワシントンでの日程について、こちら側の都合とその理由を書いた。八月も後半になれば、典子が勤める旅行社も忙しさのピークが過ぎる。だからその頃はどうかと提案した。間もなく返事が来て、元正側は快く了承してくれた。

元正一行がワシントンに来たその夏、例年にないほど猛暑の日々が続いた。いつもの年なら、八月の半ばになると、ワシントンには早や秋の気配が漂う。だが、その年は異変の夏で、連日三十度を超える日が続いた。猛暑の中を毎日、元正一行は元気に出かけ、写真を撮りまくった。典子は休暇を取り、仕事を休んだ。案内は孝一に任せ、料理や洗濯を頑張った。

八月の終わりに、父の一行は帰った。ダレス空港で見送った後、孝一と典子は家に帰って地下室に行き、母の遺影のある机近くに座った。灯明に火を付け、線香を立てると、二人で手を合わせて一行の無事を祈った。

父が滞在中、何遍も地下室に涼みに来た。孝一が粉々にした母の写真と、中に挟んである琉歌の写しをいつまでも見ていた。しかし、異変には少しも気付かなかったようだ。それほど、典子の修復の力はすばらしかった。

「お父さん達、アメリカが楽しかったみたいね」

「おかげさまで」

孝一は、本来なら「ありがとう」と言うべき言葉を飲み込み、代わりの言葉を口にした。どういうわけで、いつからそうなったか覚えていないが、孝一はなぜか、「ありがとう」のひと言を、典子に言わないのである。

孝一の心の動きに感づき、典子は何も言わない。しばらく考え込んでいたが、とうとう典子は話し始めた。

「結婚前、あなたと文通していた時、お父さんから大阪に手紙が来たの。年の差がある。子供は生まれそうにない。この結婚はうまくいかない。あなたのほうで諦めてほしい。諭《さと》すようなすばらしい手紙だった」

孝一は、初めてそのことを知った。日常、よくしゃべる典子が、肝心なことはじっと胸に秘めていることを知り、啞然《あぜん》となった。

典子の回想に、孝一は何も答えなかった。無言の中で、孝一の脳裏に浮かんだのは、前夫との離婚を終えた典子が、孝一のいる沖縄に着いた日のことである。

最終便で夜も遅く、ターミナルは閑散としていた。当時の那覇空港は小さく、待合室の窓からガラス越しに、飛行機から出てくる乗客の姿を目にすることができた。目を凝らしていると、典子が現れ、タラップを降り、小雨がそぼ降る中を、肩を窄《すぼ》めて出口に向かって歩いてきた。手続きが済み、出口から出て来た典子を、言葉をかける前に、孝一はしかと抱き寄せた。

あれから二十年以上経っている。アメリカでどうにか生計を立てているが、いつも典子が主役で、孝一は脇役であった。閉じた瞼の中で、ゴムまりは大道の真ん中を堂々と転がっていた。いくつかの小さいゴム風船が道端に佇《たたず》み、畏敬の念を込めてそれを眺めていた。

納骨

元正はアメリカ訪問をしてから七年後に、この世を去った。孝一と典子は帰国して、葬式に参列した。上の屋で火葬をし、遺骨は墓へ向かったが、孝一がずっと持ち続けた。

墓に来て、線香が焚かれ、煙が燻《くゆ》る中を坊さんが経を唱えた。その後で、元正の妹幸子の夫が、お墓の入り口に塗ってある漆喰をショベルで外し始めた。嵌《は》め込んである四角い石を取り出すと、

「孝一さん、中に入ってお骨を入れてください」

と言った。孝一はびっくりした。頭を過《よぎ》ったのは、はぶである。墓の中はどうなっているか分からないが、暗い穴の中に、はぶが潜んでいるのではないか。入り口は、しっかり漆喰で固めてあるが、墓の中に小さな隙間があり、そこからはぶが入ってきているのではないか。

そんなことが頭に浮かんだが、意を決して入った。「骨壺は入り口の近くに置くように」という指示があり、見回すと、置けるスペースがあった。骨壺をそっとおろすと、静かに手を合わせた。入り口から射し込む光で、墓の中がぼんやりと見えた。五月なので外は大分蒸し暑かったが、墓の中はひんやりして冷たかった。骨壺の数を数えることはできなかったが、思ったより少なく、こぢんまりと置かれていた。

入る前は、はぶに対する怖さがあったが、中に入ったら、はぶのことは忘れて、墓の中の様子見に夢中になった。ひんやりとした空気を感じたとたん、また、はぶの恐怖に襲わ

れ、無事だったのが物怪《もっけ》の幸いと、墓から命からがら出た。

納骨は、沖縄ではよくあることなので、孝一が墓の中に入ったことは、長男として当たり前のことだ。だから、みんなは、ことさら関心を示さず、墓の中の様子について訊かれることはなかった。

夜、寝る前に典子から「お墓の中はどうだった」と訊かれ、「ひんやりしていて、中はこぎれいに片付いていた」と言葉少なに答えた。きれい好きの典子は、孝一の返事に満足し、それ以上は訊かなかった。

退職

典子の勤めている旅行会社は、六十五歳が定年であるが、希望すれば社長と話し合いのうえで、七十歳まで勤めることができた。典子はそれを希望し、社長も喜んで受け入れたので、七十歳まで勤め続けた。孝一の銀行は六十五歳が定年だった。二人の年の差は七つなので、典子の退職後、孝一は二年間仕事が続いた。

アメリカでは、六十五歳から年金が支給される。退職後、それがあったお陰で、二人の生活はどうにかやっていけた。退職してからは、二人して生活を楽しみながら、日本への帰国を考え始めていた。

孝一の弟妹は、二人が沖縄へ引き揚げてくるのを望んだ。孝一は賛成であったが、典子のほうには問題があった。湿気である。典子は湿気に弱いので、足が蒸れるといって渋った。

だから、もし日本に帰るならば、大阪近辺に住むことを願った。典子は大阪の出身であり、老後の生活を送るには、縁故の多い所に気持ちの安らぎを感じるからだ。もっともな話なので、孝一もそれに従わざるをえなかった。アメリカでは、あらゆる点で大黒柱であった典子である。日本に引き揚げて来たら、住む場所の選択権を典子に与えるべきだ。孝一はそんな風に考えていた。大阪の郊外に手頃なマンションがあったので、それを購入した。

アメリカで、どうにか生きてこられたが、孝一には英語の力が充分でなかったので、どっしりとアメリカの土壌を足で踏んできたという実感がない。日本へ帰り、日本語を基盤とした所で生活を送るので、ようやく充実した日々を送っていけるだろう。もっとも大切なのは健康であるが、それだけに留意し、命を長らえることを生き甲斐にしよう。

日本でどう生きていくかを考える時、孝一には、二つの目標が浮かんできた。一つ目は、人に話したら一笑に付されることだが、もう少し英語の力をつけようと思っている。アメリカで英語が伸びなかったのは、素質のせいもあるが、根気よく続けるという努力が足りなかったからだと、今にして思う。だから、何か良い方法を見つけ、こつこつ頑張るつもりだ。

ふたつ目は、政治参加である。これまで孝一は、政治に関心がなく、そうした運動には参加しなかった。沖縄の、本土への復帰運動が盛んな時、よく熊本に立ち寄った。高校の親友が熊本の大学の医学部に通っていたからだ。孝一が沖縄への往き来に、その友人を訪ねたことが何度かある。ある時ちょうど、復帰運動のデモが熊本を通過することがあった。友人はそれに参加すると言うので、孝一は一人で友人の寮に泊まり、彼だけがデモに行った。その友人はすでに他界したが、この世での交流がないだけに、思い出す時は、若い頃のひたむきな情熱が胸に伝わってきて、思わず拳を握りしめることがある。

また、普天間に住んでいる小、中学の同級生の一人とは、今もって交友が続いていて、アメリカにもたまに手紙をくれた。その友人から、普天間飛行場の移設について手紙をもらうたびに、遠くにいて何もできず申し訳ない、体に気をつけ頑張ってくれとだけ書いた。アメリカにいるから、そういう言いわけができるが、引き揚げる場所に大阪を選び、余命幾何《いくばく》もない時に沖縄に帰り、死んでいくだけでいいのか。大阪への引揚を決めてから、孝一はこれまでにない良心の呵責《かしゃく》を感じていた。

課題はいろいろあるが、何かにつけ力になってくれるのは、妻の典子である。でも、反対意見を唱え、手ごわい相手になるのも彼女である。その時は、若い時のように、物を投げたりせず、とことん話し合いに努めないといけない。

菩薩

帰国してからはずっと、日本で余生を送ることになるが、それは孝一と典子が生を全うし、先祖代々の墓に入るまでの道程である。孝一は生来楽天的なので、普段は自分の死をあまり考えないほうだが、たまには一抹の不安に駆られることもある。そういう時、心の支えになるのは、典子の寝顔である。すやすやと眠っている寝顔も、口を開けてバカみたいに鼾《いびき》をかいている寝顔に対しても同じである。何かしら神々しくて、見ていて気持ちが落ち着くのである。

寝顔というのは、生と死の中間的なものであり、これに対し、孝一は宗教的な安らぎを感じる。そのことは、奈良にある仏像にも通じている。男性でもなく、女性でもない、どちらかといえば中性という捉え方で、人々の間で人気のある弥勒菩薩《みろくぼさつ》に対する感じ方に似ている。中間的なものに、何かしら神秘的なやさしさを感じ、心の安らぎを覚えるのだ。

そういう感じ方に導かれたのは、典子の死者に対する語りかけである。三十年ほど前、典子は亡くなった父母、そして弟純一を供養するため、日本から仏壇を購入した。毎朝お茶湯《ちゃとう》を供える時、撞木《しゅもく》で鉦《かね》を叩きながら、大きな声で死者に向かって話しかける。何か願いごとがあると、それを口にする。

語りかけとは、この世とあの世の中間に立ち、あの世の人に言葉を発する行為だ。それは、霊界を作り出すが、そばで聞いている者も、その中に招じ入れる。典子が毎日、死者に語りかけるのを廊下で聞いていると、いつの間にか線香の煙が流れてくる。すると、くすんだ空間の中で、孝一も次第に霊界に入っていくのを感じた。その流れの中で、主役は中間に立つ典子であるが、孝一はまず彼女の表情に神々しさを感じ、ひいてはそれが典子の寝顔に対する孝一の感じ方に波及していったのではないか。

去年のお盆は、アメリカでの最後のお盆になった。お盆の時は、例年、花をたくさん買い、生前死者が好物だった食べ物を作り、お供えする。そして、くるくる回転する提灯に、電気で火を灯す。夜になると大きな声を張り上げ、死者を迎え入れる。

孝一の家の前庭には、大きな樫の木があり、それに寄り添って、二つの鉢に植えた月下美人がある。サボテン科に属する常緑の多肉植物であるが、香りが強く、夜間に開花することで有名だ。父がその花を好み、義母の敏子がそれを受け継いだ。二十五年ほど前に、義母から株分けをしてもらったものを、典子がアメリカに持ってきた。十年ほど花が咲かなかったが、その後白い花が開花するようになった。木が大きくなったので、さらに株分けをし、鉢植えの月下美人は二つになった。

月下美人は、真夏の夕刻から白い花を咲かせる。例年、二つの鉢植えから、ひと夏に十輪ほど、日を違えて開花する。去年の夏は、お盆の十日ほど前、二十近くの蕾《つぼみ》が綻《ほころ》び始め、お盆の頃に開花しそうに見えた。盆の入りの日にも、少しだけ開花しそうになった。

去年のお盆では、あたりがすっかり暗くなってから、仏さんを迎えた。典子は線香を立ててから、

「お父さん、お母さん、純一さん、ようこそいらっしゃいました。庭の月下美人、みなさんをお待ちしてもうすぐ咲きます。咲いたら、こちらにお持ちします。お送りの日までにみんな咲きますから、たっぷり見てくださいね」

と唱えた。典子が言ったとおり、十時頃になると見事に二輪が開花し、典子はそれを切って仏壇に供えた。

お送りの日は、十時頃から咲き始め、十二時までには、みんな開花した。ぜんぶで十二輪、盛りだくさんに咲いた様子は見事だった。前庭には月の光が差し込まないので、懐中電燈をつけて花を見た。月下美人の前には、クロッカスの花が群生しており、すでにみな

開花していた。花は赤紫色をしていて、前景を彩っている。それを見下すように、月下美人が大輪の花を咲かせていた。

向きはちぐはぐだったが、大半はこちら向きになり、大型の円を描きながら縦に並び、威容を誇っていた。湿気の少ない晴れた夜、クロッカスの強い香りと、月下美人の凛とした匂いが、夜の帷《とばり》の中で競い合い、暗闇の中に漂っている。

「お父さん、お母さん、純一さん。みなさんに見てもらおうと思って、一斉に月下美人が咲いたんです。すばらしいお盆でしたね。また来年、いらっしゃってください」

仏さんをお送りする典子の語りかけは、じつに優しく、聞いている孝一の心にも響いた。月下の美人を堪能し、満足してあの世に帰ってもらいたいと、切に願った。

今では日常茶飯事になっている典子の語りかけであるが、それをやらない孝一が、初めて聞いた時は戸惑った。そして今、あの世が近くなっていることを実感している昨今、孝一には、あの世とこの世を結ぶような典子の語りかけを、むしろ嬉しく思っている。そして、そういう思いが、典子の寝顔に対する孝一の神々しい思いに繋がっているのである。

機内は薄暗く、あちこちから人の寝息が聞こえてくる。孝一の膝の上で眠っている典子は、さっきまで軽い鼾をかいていたが、今はそれが静かな寝息に変わっている。

孝一は、瞼を閉じた。先ほどの、見事なまでに開花した月下美人の姿に思いを馳せていると、そこへゴム風船がいくつか現れた。月下美人とクロッカスの匂いの中で、風船はふくよかに膨らみ、ゆらゆらと漂っていた。風船の心地よい揺れにつられ、孝一も次第に眠気を催し、いつの間にか日本へ向かう機内の中で、深い眠りに落ちていった。

「橋」　書き下ろし
「踏み石」　『真山の絵』所収（講談社、平成八年）
「ゴム風船」　書き下ろし

著者略歴

真喜志 興亜（まきし・こうあ）

昭和十七（一九四二）年東京生まれ。明治大学法学部卒業後、琉球銀行入行。行員時代、沖縄テレビの番組「土曜スタジオ」司会者を兼任。昭和四十五（一九七〇）年渡米、アメリカン大学大学院入学、国際関係論を専攻し、博士課程修了。その後、クレスタ銀行入行、勤務の傍ら、毎週火曜・木曜日の夜にワシントンで夫人とともに私塾を開き、海外子女を教える。平成二十八（二〇一六）年、四十六年ぶりに日本に戻る。熱海在住。

著書に『真山の絵』（講談社、平成八年）、『諸屯《しゅどぅん》』（文藝春秋、平成三十一年）。

橋《はし》　その他《た》の短編《たんぺん》

二〇二〇年六月二十七日　初版第一刷発行

著者　真喜志《まきし》　興亜《こうあ》
発行　株式会社文藝春秋企画出版部
発売　株式会社文藝春秋
〒一〇二―八〇〇八
東京都千代田区紀尾井町三―二三
電話〇三―三二八八―六九三五（直通）

印刷・製本　株式会社　フクイン

万一、落丁・乱丁の場合は、お手数ですが文藝春秋企画出版部宛にお送りください。送料当社負担でお取り替えいたします。
定価はカバーに表示してあります。

ISBN978-4-16-008976-1